尊経閣善本影印集成
44
江談抄

発行　平成二十年八月三十一日
定価　二一、〇五〇円
（本体二一、〇〇〇円＋税五％）
編集　財団法人　前田育徳会尊経閣文庫
東京都目黒区駒場四－三－五五
発行所　株式会社　八木書店
代表　八木壮一
東京都千代田区神田小川町三－八
電話　〇三－三二九一－二九六一（営業）
二九六九（編集）
FAX　〇三－三二九一－六三〇〇
製版・印刷　天理時報社
用紙（特漉中性紙）　三菱製紙
製本　博勝堂

ISBN978-4-8406-2344-5　第六輯　第5回配本

Web http://www.books-yagi.co.jp/pub
E-mail pub@books-yagi.co.jp

○件琵琶被修秘法二七日之間従朱雀門楼上仁頸仁付縄漸降云々　（36）

は、助詞ニの重用の例と見られ、この時期の他の片仮名文にも類例があり、注意しておいてよいだろう。

以上の如く、本書の訓読を通して、多くの注目すべき言語事象が指摘されるようであり、今後、国語史学の方面からの考究も大いに進展することが期待される。

〔付　記〕

原本調査に当たっては、橋本義彦先生、菊池紳一先生はじめ前田育徳会尊経閣文庫御当局に多大の便宜を図って頂いた。記して御礼申し上げる。

○無才博士ハ和奴志与利始也砥云介利（中略）龍ノ咋合ハ久比布勢良礼多留仁和呂加良須（三六オ）

のように本行の仮名は、やはり、万葉仮名によって記されている。

しかしながら、本書と醍醐寺本との仮名表記は常にそのような関係にあるかというとそうではなく、たとえば、醍醐寺蔵『水言鈔』が、

○件琵琶者音甚細カリケレハ大過ナリトテ（三四ウ）

のように、片仮名交じりである箇所が、本書では、

○件琵琶者音甚細加利計礼八大依過奈利止天（37）

のように、万葉仮名で記されていて、逆になっている箇所も認められるのである。

これらの異同の意味するところは精査が尚必要であるが、少なくとも実兼筆録の祖本が既にこのような、片仮名の他に万葉仮名や草体仮名を交える書記様式であったろうことは認めてよいように思う。石山寺蔵『表白集』院政期書写本と、これと同文を有する、鎌倉時代後期の書写に係る金沢文庫保管二十二本『表白集』とを比べてみると万葉仮名や草体仮名が片仮名に差し替えられて書写されている状況が窺われる。これより推せば、遡って『江談抄』の祖本には、現存諸本の片仮名書き部分において万葉仮名や草体仮名であった箇所が更に多く存した可能性がある。

右の如き、宣命書の他に、本書には、漢字と同大の片仮名書きが見られる。

○女房献和哥云アヲカキノイロノイトニテムスヒテシヲモヒヲトカテ春ノクレヌル（35）

○甚以長久御ケルニコソアムメレト云々（64）

さらに、漢字と同じ大きさに万葉仮名で記す場合がある。

○寮馬部宿老者一人倫語云阿波礼素江奈幾与加奈（26）

○敦信常言云秀才ハ与幾毛乃加奈（45）

右の仮名字母はやや特異に映るのであって、何故このような字が選ばれたかは俄に断じ得ない。また、

○世以英雄之人称右流左死四字皆呉音其詞有由緒（22）

「右流左死」は、単に注記のごとく呉音を採用して表音的に綴ったものではない。「うるさし」に右大臣である菅原道真が流され、左大臣時平が薨逝したということが含意されており、戯書的な要素が認められる。

八　その他（音便・語法等）

その他、国語事象として注意されることとしては、

○驚躁サハイテ（7）

は、イ音便の例であり、

○即誑イツハテ令人二謂一（16）

は、おそらく促音便の例と見てよかろう。例はさほど多くないが、このような加点の見えることは指摘しておきたい。また、

シケレ若此葉二笛歟止天令進給（中略、「穴賢止云笛ハ高名笛也」・「小蚶絵高名笛也」の段）
不々（イナ）ニ賛（カヘシ）一是笛名也唐人売之千石に買止云仁イナカヘシト云ケレハ以之為名云々（37〜39）

〔水言鈔（醍醐寺蔵本）〕
又被命云葉二者高名横笛也号朱雀門之鬼笛是也浄蔵聖人吹笛深更渡朱雀門鬼大声感之自尓此笛ヲ給件聖人云々其後次第伝々在入道殿後一条院御在位之時以蔵人某召此笛蔵人不知笛名只盤布太徒参らせさせ給ト申ニ入道殿何事も可承ニ歯二（ハフタツ）古曽江かくましけれ若此葉二笛歟止天令進給云々（中略、「又被命云穴賢ト云笛ハ高名笛也」・「又被命云小蚶絵高名笛也」の段）
又被命云不々賛（イナシカヘ）是笙名也唐人売之千石ニ買ト云ニ伊奈加倍志砥云介礼波以之為名云々（三五オ〜三五ウ）

〔江談抄（神田本、旧高山寺蔵）〕
件葉二ハ高名笛也伝在故入道殿ケルニ後冷泉院御時御宇以蔵人被申件笛ニ蔵人名不覚不得意シテ葉二ノタテマツラ（ママ）タマヘト申時ニ入道殿秀句ニ被仰之様雖何等事綸言ナレハ不可背但歯二ヲコソ難堪カナレ若笛ノ葉二カトテ令進給云々笙ニハ不々替（シカヘ）高名笙也此名有由緒也唐人売之時欲買万疋ニ唐人云イナカヘシト云々仍号也（八ウ〜九オ）

本文そのものの異同もあって、本書は醍醐寺本に近く、神田本は両本より異なる文言を含むようであるが、そこに所用の仮名字種や仮名字体も相互に異なりを見せている。神田本が片仮名本位であるのに対して、本書の場合にはテニヲハの右寄せ小書きの仮名が万葉仮名や草体仮名となっている状況が窺われる。醍醐寺本は、これに加えて、本行の仮名も万葉仮名である点が特徴的である。

さらに、もう一箇所掲げてみる。

〔本書（前田本）〕
菅家御作見自余時輩是鴻儒之句善相公ハ清行候モノヲイカニカクハ被仰ニカト云ト云々（41）

〔水言鈔（醍醐寺蔵本）〕
又被談云菅家御作見自余時輩是鴻儒之句天善相公ハ清行候モノヲ伊加仁加久波被仰仁加砥天ト云々（三六オ）

〔江談抄（神田本、旧高山寺蔵）〕
又被命云菅家後集傷野大夫御作如大夫者二三无之句尤有興歟此詩次句ハ紀相公応煩劇務自余時輩惣鴻儒■（某字抹消）見此句善相公ハ清行候モノヲイカニカクハ令候給ニカトイヒケリトソ云々（四オ）

前掲の傾向とほぼ同様であって、神田本は片仮名本位であり、本書もこれに従うのに対して、醍醐寺本の本行仮名は万葉仮名で書かれている。

さらに、本書で、

○無才博士ハワヌシヨリ始也止云ケリ（中略）龍乃咋合ハクヒフセラレタルモワロカラス（41）

と片仮名書きされるところを、醍醐寺本『水言鈔』では、

被命-云此文者於陣-難之-於里亭-許之-文也是先例也惟仲為恥云々（10）
○又範国為五位蔵人-有奉行事-小野宮右府為上卿-被候陣下申文之時弼君顕定於南殿東妻-出其陰根範国不堪遂以咲右府不被知案内-大以被咎-及奏-範国依此恐懼云々（20〜21）
○勘解相公昔有可被暗打之議-有国聞之-偸於暗處-持油-立偸以其油-灑欲打人之直衣袖-明旦見知其人-以油-為験-云々（22）

また、仮名交じり文の箇所においては、日本語式の語順に従うことが多く、自ずと返読する箇所が少なくなる。

○忠輔中納言者世人号仰中納言也小一条大将済時遇之云只今天仁ハ何事加侍止云々忠輔云大将乎犯ル星コソハ現トレ云々不経幾程済時薨云々（39〜40）

右のような箇所には、返点も加えられていない。

以上、要するに、一般の漢文訓読の際には欠くことの出来ない文の断続の認定は、『江談抄』の有する問答体の定型的文章展開によって大抵把握することが出来、さらに、変体漢文に特徴的な文末助字や接続詞等によって確定されるので、本書の訓点は、返点及び難読字についてその訓み方を補強すればよいということになる。また、仮名交じりの箇所は、語順も日本語式に従っているので、返点さえ不要になると理解されるのである。

七　仮名交じり文の性格

変体漢文に仮名が交じる事象については、『御堂関白記』や『殿暦』等に類例を求めることができる。

本書について、仮名交じりが出現する場合に、まず、宣命体の様式を採るものがあり、漢字を本行に記し、附属語の類や送り仮名等を右寄せに小書きし、時に双行に記す箇所がある。而して、当該の箇所は、一見して、かの鈴鹿本今昔物語集と通底するような表記体と目されるのであるが、その仮名は、片仮名を主とするも、省画をしない万葉仮名を交え、稀に草体仮名を混ずることもある点に特徴がある。これも、たとえば、院政期の書写になる、高山寺蔵『古和讃集』や石山寺蔵『表白集』等に同様の特徴が見られ、当時の書記様式や字種毎の表現価値を知る資料として貴重である。

本書のこのような特徴は、他の古系本にも見られるものである。ここに、古系本三本に共通する箇所を一、二摘記して、対照すれば、右のようである。

〔本書（前田本）〕

葉二者高名横笛也号朱雀門之鬼笛是也浄蔵聖人吹笛深更渡朱雀門鬼大声感之目人此留乎給件聖人云々其後次第伝之在入道殿後一条院御在位之時以蔵人某召此笛蔵人不知笛名只ハフタツマイラセサセタマヘト申仁入道殿何事モ可承仁歯二乎コソエカクマ

声であって呉音に従っているように見える。

○忽有躭イル之者（34）＊左訓「ハカル」

左訓「ハカル」のさらに左傍の「亠（音ノ最初四画）知」は、字音「チ」を示す類音字注であろう。これまでの注釈書の中に「亠」を漢数字「六」と解しているものがあるが、適当でない。

○被卜茎可カナリ（上）（37）

韻鏡　可＝内転第二十七開、果摂・哿韻・次清・上

法華経音訓　可＝カ・平（16-6-1）

長承本蒙求　可＝カ・上（149）

「可」字の声調は、韻鏡と長承本蒙求から上声が漢音、法華経音訓から平声が呉音と知られるので、当該箇所は漢音を示すものと判ぜられる。

○観音ヲハ観（平）音（平）止読ム（43）

韻鏡　観＝外転第二十四合、山摂・桓韻・清・平、同上・換韻・清・去、音＝内転第三十八開、深摂・侵韻・清・平

長承本蒙求　観＝平軽（79）、音＝イム・平軽（54）

法華経音訓　観＝クワン・平去（9-4-4）、音＝ヲン・上去（9-5-1）

専修寺蔵三帖和讃　観クワン（去）音オム（上）（浄土和讃27・1）

これは、声点によって当該箇所の解釈を示したもののようであって、声点はいずれも長承本蒙求のそれと一致し、漢音の声調を支持する。三帖和讃の例を挙げるまでもなく「観音」は呉音読みすることが通例であって、当該箇所は、通常とは異なった読み方をする点に注意する説話である。

六　返点の機能

元来、変体漢文は、訓点に頼らずにそのままに理解可能なように書かれた文体であって、公家日記や文書等の記録に用いられた、漢字専用を旨とする日本語文である。また、『江談抄』は、問答体を軸とした定型的な文章構成法を採っているため、読解も比較的容易であり、文意を辿るのにも馴れやすかったであろう。従って、変体漢文の本書に加えられた訓点は、あくまで理解の便を図っての補助的なものと解され、中国古典や漢訳仏典の訓点とは本質的にその性格を異にする。

まず、本書の訓点の特徴として、句点が見当たらないことが挙げられる。句切に関する機能を有すると思われる点が二箇所ほど見えるが、この程度に過ぎない。

○問公方違ー式（入）違ー勅之論其義・（句切）如何答云天暦御時・（句切）諸国受領不済率分一之輩勘公文之時勘会諸司文書加署判一之者可勘其罪ー状ヲ一之由被問公方一（8）

一方、返点はやや丁寧に加えられていることは注意される。

○惟仲中納言為肥後守一之時有申請之文文名可尋忘却了於陣一献於上卿一々々者一条左大臣雅信也上卿被難此文一惟仲以為恨一之上卿

ハ以之為名云々（39）

もこの類に該当しよう。

大半は右のように解釈してよいように考えられる事例であるが、さらに、次のように、当該漢字の字体が別字のように見えるなど紛らわしいものに施したと解される例も存する。

○紆（マトヒタル）朱紫（ア）（7）

右の「紆」字は本文「行」のように見え、また、「朱」字は「米」に似ている。そこで、それぞれ「マトヒタル」、「ア（ケ）」の読みを示したのであろう。

五　字音注（声点及び仮名音注）

本文中の漢字には、まま声点や仮名音注が施されており、当該字が音読みされたことを示すものが見られる。醍醐寺本のそれについては、既に先行研究がある（馬淵和夫「『水言鈔』に付された声点をめぐって」『説話』6、昭和53・5）。本書の声点は、いわゆる四声体系に属するもののようであり、軽声は見えない。

以下には、本文の出現順に字音注を抜き出しつつ、順次、私見を述べてみたい。

○紫（上）丨袍（平）（7）

韻鏡　紫＝内転第四開合、止摂・紙韻・清・上、袍＝外転第二十五開、效摂・豪韻・濁・平

長承本蒙求　袍＝ハウ・平軽（75）

法華経音訓　紫＝シ・平（76・4・4）

韻鏡の声調に一致し、「袍」字も軽声の有無は問題となるが長承本蒙求のそれと合致する。一方、法華経音訓には「紫」字を平声とすることから、当該熟字に差された声点については漢音声調を示したものと考えられる。

○違丨式（入）（8）

韻鏡　式＝内転第四十二開、曽摂・職韻・清・入

法華経単字　式＝シキ・入（61・2・1）

○研（ケン）（平濁）丨精（ス）（9）

韻鏡　研＝外転第二十三開、山摂・先韻・清濁・平、同上、山摂・霰韻・清濁・去

○危（クヰ）（平）急之時（18）

韻鏡　危＝内転第五合、止摂・支韻・清濁・平

法華経単字　危＝クヰ・平（66・3・3）

これらの諸字に対する差声の意図は考える所がない。

○淳（去）素（上）（32）

韻鏡　淳＝外転第十八開、臻摂・諄韻・濁・平　素＝内転第十二開合、遇摂・暮韻・清・去

長承本蒙求　素＝ソ・去（108）

法華経音訓　淳＝シユン・去濁（75・5・4）

右は漢音の声調には一致せず、「淳」字が法華経音訓の声点と同じ去

四　附訓の性格

訓点の仮名は、全体としては、助詞の「ヲ」や「ニ」、「ト」、「テ」等や送り仮名が大部分で、しかも、すべての箇所に施されるわけではなく、最小限の必要箇所にのみ附されるようである。

○加署判之者可勘其罪｜状(ヲ)之由被問公方々々勘云当(ル)違｜式(ニ)云々（8）

○有国令申云書譲状(テ)可被譲所職於入道殿者（18）

しかも、後にゆくに従って、このテニヲハの類でさえ粗になり、やがて返点のみとなる。

また、漢字に対してその読みを示したものもあるが、これもそれほど多くはない。この漢字に対する附訓の例について、どのような性格のものであるかを見るために、当該例を抽出して整理してみると、以下のようである。なお、字音語の仮名注記については、声点の問題と併せて次項で述べることとする。

まず、比較的常用度が低い漢字に対して、その訓を示したと見られる場合がある。

○驚｜躁(サハイテ)（7）

○即誑(イツハテ)令人謂（16）

○遏(ア)（29）＊左訓「サマタク」

○躾(イル)（34）＊左訓「ハカル」「亠（音ノ最初四画）知」

上欄の書き込みであるが、

○又云弘法大師如意宝珠麿納札銘云々（24）

の「麿」字について、「麼歟」としてその右傍に「ウツム」と附しているのもこの類に含めてよかろう。

また、必ずしも難読字というわけではないが、当該字に対してその訓が一般的でない場合や複数の候補があって直ちに特定されないような場合にその読みを示したと考えられるものがある。

○衣(キタリ)（7）

○陳状然(シカリ)々者(ハ)今条称曰（9）

○其父式部卿敦実親王家(ミ)（11）

○其言(コトハヲ)（11）

○弥(ヨシ)（12）

○因茲寝(タツ)此議云々（27）

○寛平上皇為申｜儒(ヤハラケムカ)此事（29）

また、

○篁読云無倶八悪善(サカヨカナ)マシ止読云々（24）

○一伏(ツキ)三(ヨ)仰(ニ)不(ハ)来(コヌキミ)待(マタル)書(カキ)暗(クモリ)降雨(アメモフラマシ)慕漏寝(コニツ、モネム)（24）

のように、難読字句に対してこれをどのように解読したかが話題となる説話について、当該箇所に附訓仮名を施しているのは、むしろ当然のことではあるが、このような部分などは加点を前提にして漢字本文を綴っているかの如くである。

○不(イナ)々賛(カヘシ)是笛名也唐人売之千石に買止云仁イナカヘシト云ケレ

〔表2〕前田本『江談抄』仮名交じり文の仮名字体

ン	ワ	ラ	ヤ	マ	ハ	ナ	タ	サ	カ	ア
	和 ワ	良 ラ	ヤ	末 T	波 八 い	奈 ナ	太 タ	左 サ	加 か カ	阿 ア
シテ	ヰ	リ		ミ	ヒ	ニ	チ	シ	キ	イ
		利 リ		美	ヒ	仁 尓 に 二		死 志 之 し	幾 キ 丶	イ
事		ル	ユ	ム	フ	ヌ	ツ	ス	ク	ウ
		留 流 ル		ム	フ	ヌ	都	数 爪 ス	倶 久 ク	右
給	ヱ	レ	(江)	メ	ヘ	ネ	テ	セ	ケ	(衣)エ
		礼 レ		メ	ヘ	子	天 テ	セ	計 介 ケ	江 工
奉	ヲ	ロ	ヨ	モ	ホ	ノ	ト	ソ	コ	オ
	乎 ヲ	ロ	与 ヨ	毛 モ	ホ	乃 ノ	止 上 ト	素 曽 ソ	故 古 コ	

〔表1〕前田本『江談抄』訓点の仮名字体

ン	ワ	ラ	ヤ	マ	ハ	ナ	タ	サ	カ	ア
シテ	ヰ	リ		ミ	ヒ	ニ	チ	シ	キ	イ
事		ル	ユ	ム	フ	ヌ	ツ	ス	ク	ウ
給	ヱ	レ	(江)	メ	ヘ	ネ	テ	セ	ケ	(衣)エ
奉	ヲ	ロ	ヨ	モ	ホ	ノ	ト	ソ	コ	オ

薄墨の仮名と声点であって、本文をいったん書写した後に加えられたもののようであるが、これとて時期の下るものとは認められず、ほぼ同時期のものと見て大過なかろう。

加点の分布は、概して前半に稠密で後半に至って粗となる。また、二三行程度の比較的短い記事（「又法隆寺僧善憧訴之時」16、「有国与惟仲成怨隟之本縁」18、「源道済為蔵人之時」21、「世以英雄之人称右流左死」22、「宇一山精進峯」25、「又或人云為市々々」25、「或人云警蹕問云」25、「又被命云致忠男保輔保昌兄也是強盗主也」28、「又被命云貞信公弱年為右大臣」30等）には前半であっても全く訓点の見えないものがある。

後半の、「又被命云鷹司殿屏風詩」34以下は、長文の記事であっても殆ど加点されなくなり、所々に返点を施すのみである。「資仲卿曰寛平法皇与京極御休所同車渡御川原院」53の記事の後半以降は全く点が無い。

三　仮名字体

本書の仮名字体は、〔表1〕〔表2〕に示したとおりであって、訓点としての仮名と、本文中に交える仮名とは一往別個のものとして扱う必要がある。

訓点の仮名（〔表1〕）は、「カ」「ツ」「ネ」「ミ」「ン」等の諸字体からも、鎌倉時代初期から後期への過渡的様相を呈しており、鎌倉時代中期、寛元三年頃の字体と見て矛盾しない。

本文に混ずる仮名（〔表2〕）のうち、片仮名については、「キ」「ス」などの字体の如く、訓点の仮名字体に比してやや古態を保っているように見える。さらに、本書には、この片仮名以外に、万葉仮名の見えることは注意しておいてよい。

その字体は、表に掲げる如くであって、「か」「に」のように、草体仮名も見える。本文中の仮名は、本文漢字列の右寄せ小書きされたものと漢字と同大のものがあって、これらの表記様式については後述する。

尊経閣文庫所蔵『江談抄』の訓読

山本真吾

一　はじめに

前田本『江談抄』（以下、本書と称する）は、醍醐寺蔵水言鈔（古典保存会大正十四年複製）、神田喜一郎氏旧蔵『江談抄』（高山寺旧蔵本、古典保存会昭和五年複製）と同じく、いわゆる古本（雑纂）系の一本であって、鎌倉時代の書写奥書を有する貴重な古鈔本である。

本文は、概ね変体漢文で書かれているが、その漢文には訓点が付されており、さらに、仮名交じりで書かれた箇所も存する。尊経閣叢刊昭和十三年複製の「前田本江談抄解説」にも、「醍醐寺本に片仮名にて書かれた所を前田本にては万葉仮名を用ひ、又全体に渉って古体の文字を多く書し、訓点返点等も附されて居て、是等の点より見ても前田本はまた参考に資する所尠くないと信ぜられる」と紹介されているように、これらの諸要素は、国語史料として注目に値する部分であって、本稿では、専らこの方面から考察し、若干気付いた点について述べることとする。

二　前田本『江談抄』の訓点の概要

江談抄は、大江匡房の談話を藤原実兼が筆録した作品であり、日本語話者相互における記録のために書かれた変体漢文を基調とする。従って、元来それは無点のままに享受されるべく書かれたものであるはずだが、院政期以降にはこれら変体漢文に訓点の付された文献も見えるようになり、本書もその一つとして位置づけられる。

本書の訓点には、仮名、返点、合符及び声点があり（他に切点と思しい点が二箇所程見える、後述）、すべて墨筆である。その加点時期は、仮名字体及び表記事象より推して、左の奥書の時期、

○寛元三年丁巳七月十九日於鎌倉甘縄邊書寫了（「丁巳」は「乙巳」の誤り）

すなわち、鎌倉時代寛元三年（一二四五）と判ぜられ、本文と同筆と認めて矛盾する点は見出しがたい。たとえば、

○篁読云無倶八悪善（サカヨカナ）マシ止読云々（24、所在＝本書影印のページ数で示す。以下同）

は、「善」字に対する訓「ヨカナ」と本文の「マシ」とが一続きのように書かれており、これなどは訓点と本文を同筆と認める証左となろう。一方、

○父子被奪官一云々町尻殿道兼所悩危（クキ）（平）急之時（18）

「官」字下の「一」返点と「危」字の訓及び声点は、本文に対して

43	三三	小野宮殿不被渡蔵人頭事	第二	29
44	三三	熒惑星射備後守致忠事	第三	36
45	三四	鷹司殿屏風詩事	第五	42
46	三五	実資公任俊賢行成等被問公事其作法各異事	第二	32
47	三六	朱雀門鬼盗取玄上事	第三	58
48	三七	元興寺琵琶事	第三	61
49	三七	小琵琶事	第三	62
50	三七	葉二為高名笛事	第三	50
51	三八	穴貴為高名笛事	第三	51
52	三八	小蚶絵笛被求出事	第三	52
53	三九	不々替為高名笙事	第三	55
54	三九	壺切者為張良剣事	第三	71
55	三九	忠輔卿号仰中納言事大将事	第三	16
56	四〇	入道中納言顕基被談事	第三	15
57	四〇	日本紀撰者事	第五	24
58	四〇	擬作起事	第六	71
59	四〇	善相公与紀納言口論事	第三	27
60	四一	菅家御序秀勝事	第六	32
61	四一	源頼国熊野詣事	第一	36
62	四二	最勝講始事	第一	9
63	四二	畔字事	第五	38
64	四二	熊野三所本縁事	第一	35

65	四三	畳上下事	第三	46
66	四三	左右太鼓分前事	第三	68
67	四三	杣字事	第五	39
68	四三	時棟不読経事	第一	49
69	四四	天安皇帝有譲宝位于惟喬親王之志事	第二	1
70	四四	内宴始事	第一	3
71	四五	紫宸殿南庭橘桜両樹事	第一	25
72	四五	秀才国成来談敦信亭事	第五	72
73	四六	佐理生霊悩行成事	第三	34
74	四六	小蔵親王生霊煩佐理事	第三	35
75	四七	仲平大臣事	第三	13
76	四七	延喜之比以束帯一具経両三年事	第二	28
77	四八	安嘉門額霊踏伏事	第一	26
78	四八	大内門等額書人々事	第一	27
79	四九	郭公為鶯子事	第三	41
80	四九	可然人着袴奴袴不着事	第二	34
81	五一	御剣鞘巻付何物哉事	第二	36
82	五二	融大臣霊抱寛平法皇御腰事	第三	32
83	五四	冷泉天皇欲解開御璽結緒給事	第二	3
84	五五	摂政関白賀茂詣共公卿并子息大臣事	第一	28
85	六三	済時卿女参三条院時	第二	7
86	六三	延喜聖主臨時奉幣日風気俄止事	第一	19

尊経閣文庫本『江談抄』言談一覧

※類聚本の巻・番号は新日本古典文学大系本による。

尊経閣文庫本			類聚本	
配列	本文頁	言談	巻	番号
1	六	聖廟西府祭文上天事	第六	45
2	六	公忠弁忽頓滅蘇生俄参内事	第三	33
3	八	公方違式違勅論事	第二	15
4	一〇	惟仲中納言申請文事	第二	13
5	一一	平中納言時望相一条左大臣事	第二	25
6	一二	平家自往昔為相人事	第二	26
7	一三	勘解由相公誹謗保胤事	第五	61
8	一四	有国者伴大納言後身也事	第三	8
9	一四	清和天皇先身為僧事	第三	5
10	一五	善男坐事承伏事	第二	35
11	一六	有国以名簿与惟成事	第三	31
12	一七	大入道殿令譲申中白給事	第一	32
13	一八	町尻殿御悩事	第一	33
14	一八	有国与惟仲成怨事	第三	30
15	一八	小野宮右府嘲範国五位蔵人事	第二	12
16	一九	四条中納言嘲弼君顕定事	第二	30
17	二〇	範国恐懼事	第二	31
18	二一	源道済号船路君事	第三	18
19	二一	称藤隆光号大法会師子事	第三	19
20	二二	勘解由相公暗打事	第三	20
21	二二	以英雄之人称右流左死事	第三	21
22	二三	忠文民部卿好鷹事	第三	22
23	二四(二五)	嵯峨天皇御時落書多々事	第三	42
24	二四	弘法大師如意宝珠瘞納札銘事	第一	42
25	二五	警蹕事	第一	21
26	二五	御馬御覧日馬助以上可参上事	第一	16
27	二六	忠文炎暑之時不出仕事	第二	43
28	二七	忠文被聴昇殿事	第二	42
29	二七	元方為大将軍事	第二	44
30	二八	致忠買石事	第三	24
31	二八	保輔為強盗主事	第三	26
32	二九	菅根与菅家不快事	第三	28
33	二九	依無中納言例不行叙位事	第一	1
34	三〇	貞信公与道明有意趣歟事	第二	37
35	三一	経頼卿死去事	第二	40
36	三一	大納言道明到市買物事	第三	23
37	三一	紀家参長谷寺事	第一	38
38	三二	橘則光搦盗事	第三	25
39	三二	花山院出禁中被向花山事	第二	5
40	三二	花山院御即位之後大宰府不帯兵仗事	第一	20
41	三二	円融院末朝政乱事	第二	4
42	三三	英明乗檳榔車事	第二	41

［付 記］

本稿の執筆に際して参照した論考のうちの主要なものを以下に掲げる。

和田英松『本朝書籍目録考証』（一九三六年、明治書院）
篠原昭二「大江匡房論序説」（『国語と国文学』四一巻四号、一九六四年、東京大学）
山根対助「江談抄成立論」（『国語国文研究』三二号、一九六五年、北海道大学）
益田勝美「『江談抄』の古態（一）（二）」（『日本文学誌要』一五・一七号、一九六六・六七年、法政大学）
篠原昭二「類聚本『江談抄』の編纂資料について」（秋山虔編『中世文学の研究』［一九七二年、東京大学出版会］）
村井康彦「『江談抄』の成立に関する覚書」（山中裕編『平安時代の歴史と文学　歴史編』［一九八一年、吉川弘文館］）
川口久雄・奈良正一『江談証注』（一九八四年、勉誠社）
甲田利雄『校本江談抄とその研究』上巻（一九八七年、続群書類従完成会）
甲田利雄『校本江談抄とその研究』中巻（一九八九年、続群書類従完成会）
甲田利雄『校本江談抄とその研究』下巻（一九八八年、続群書類従完成会）
後藤昭雄「『江談抄』解説」（新日本古典文学大系『江談抄　中外抄　富家語』［一九九七年、岩波書店］）
池上洵一「『江談抄』における「場」の問題—ある顕光説話の足跡—」（池上洵一著作集第二巻『説話と記録の研究』［二〇〇一年、和泉書院］）
小峯和明「『江談抄』の語りと筆録—言談の文芸」（小峯和明『院政期文学論』二〇〇六年、笠間書院）
佐藤道生「「朗詠注」と古本系『江談抄』」（『説話文学研究』四二号、二〇〇七年）

『江談抄』に関する先行研究の蓄積は厚く、網羅的に参照することはできない。研究史については川口久雄・奈良正一『江談証注』（前掲）の「『江談』主要研究文献ノート」および「主要参考文献目録ノート」を参照していただきたい。

を添えて一九二五年に刊行されている。

(6) 後藤昭雄「『江談抄』解説」(新日本古典文学大系『江談抄 中外抄 富家語』[一九九七年、岩波書店] 所収)、ほか。

(7) 甲田利雄「前田本江談抄の起首に関する疑問」(甲田『校本江談抄とその研究』下巻[一九八八年、続群書類従完成会])が本書巻頭の欠損の規模について醍醐寺本『水言鈔』と比較しつつ考察を加え、結論として本書は醍醐寺本の巻頭(ただし醍醐寺本冒頭の「類聚国史五十九」の引用部分を除く)と同じく、「江都督言談」から始まっていたとしている。この結論は、「前田本が水言鈔の中での漢籍に係る話・詩文談を削る偏向を示してゐる事に従へば、当然削除する筈の条」を一二行(または一四行)想定することによって成り立っているが、この想定には不安が残る。

(8) 甲田利雄「前田本江談抄の裏の具注暦缺日について」(甲田『校本江談抄とその研究』下巻[注(7)])は、本文に引く『九条殿御遺誡』の「缺脱に気付いて、その補填の為めの作業の誤りではなからうか」としているが、趣旨が不明瞭のように思われる。

(9)『加賀松雲公』中巻(一九〇八年、前田家)、藤岡作太郎『松雲公小伝』(一九〇九年、前田家)の記述を参照。

(10)『加賀松雲公』中巻(注(7))に「松雲公は(中略)延宝五年。津田光吉をして之(称名寺の書籍—引用者注)を捜索せしめらる。光吉称名寺を訪ふこと前後幾回。苦心惨憺。遂に数十部の旧書を発見し。其用に堪ゆべきものを選び。之を購ひて還る」(一九三〜一九四頁)と述べ、その論拠として「津田光吉報告書」を抄録しているが、報告書の年紀は示されていない。なお藤岡作太郎『松雲公小伝』(注(7))二六八〜二六九頁にも「(津田光吉が)延宝五年のほか往訪数回に及び、探索甚だ精し」とある。

『松雲公採集遺編類纂 書籍』(金沢市立図書館近世史料館所蔵)に収める「延宝五年冬相州鎌倉辺書籍等捜索方被命留記」は津田が同年冬に鎌倉周辺の資料調査を実施した際の記録であるが、これによれば、この時の訪書では称名寺の了解が得られなかったため、書籍の入手は実現できず、実際の入手は翌年以降ではなかったかと見られる。そのことは右の『加賀松雲公』『松雲公小伝』の記述からもうかがわれるのであり、これに対して「前田本江談抄解説」の「延宝五年前田家五代松雲公〈諱綱紀〉が武州金沢称名寺より他の古本と共に獲られたもの」との記述は正確さを欠くと思われる。

(11) この〔1〕〔2〕のケースを、本書で定めた言談の番号(No.1のように表記する。別表「言談一覧」参照)で示すと、つぎの箇所が該当する。

〔1〕 No.1—2 No.5—6 No.8—9 No.11—12
No.12—13 No.40—41 No.67—68 No.73—74
No.77—78

〔2〕 No.35—36 No.43—44 No.45—46

No.24に該当する箇所に

悪善丶丶落書〔事〕、　　一代〔伏〕三作〔仰〕、

如意宝珠札銘、　　未読得文、

古塔銘、　　警蹕、

左縄足出、　　為市丶丶

と見える。「悪善丶丶落書、」が①、「一代〔伏〕三作〔仰〕、」が②、「如意宝珠札銘、」が⑨、「未読得文、」が⑩、「左縄足出、」「為市丶丶」がいずれも⑧に、それぞれ該当すると見られる。ただ「古塔銘、」については定かでないが、⑦を指していると見るほかなかろう。そうであれば、この目録は⑦・⑧をそれぞれ独立の言談と見なしており、さらに⑧後段の「又左縄足出 シメトヨフ」も独立のものとしている。

以上のように、本書に類聚本系の事書を借用した場合、No.23「嵯峨天皇御時落書多々事」の言談がNo.24「弘法大師如意宝珠瘞納札銘事」によって分断されることになる。しかし、より古態を伝えるとされる古本系の本書および醍醐寺本『水言鈔』の言談配列にしたがえば、⑦・⑧、もしくは⑦・⑧前段・⑧後段をそれぞれ独立の言談と見なすべきかもしれない。とすれば本書に、類聚本系にはない二ないし三の言談項目を新たに立て、その言談数も八八ないし八九としなければならない。これは類聚本の事書を当てはめたことによる矛盾であるが、いまは特に手を加えることはせず、類聚本に沿って立項しておく。

以上、本書の書誌的事項を中心に述べたが、未解決の問題が多く残っている。またこのほかにも、本文に加えられた校異注の性格など、本書の内容に関わる重要な検討課題が存在するが、全て後日を期すほかない。

今回もまた前田育徳会尊経閣文庫の橋本義彦先生、菊池紳一先生には、原本調査に当たって多大の便宜を図って下さり、また多くの御教示をいただいた。厚くお礼申し上げる。

［注］

（1）類聚本系の巻三・3「安倍仲麿読歌事」に「永久四年（一一一六）三月或人問師遠」と、匡房没後五年の年紀が見える（新日本古典文学大系『江談抄　中外抄　富家語』〔一九九七年、岩波書店〕による）。これについては「後補ないし注の本文化」と見る説がある。小峯和明「『江談抄』の語りと筆録―言談の文芸」（小峯『院政期文学論』二〇〇六年、笠間書院）。

（2）佐藤道生「「朗詠注」と古本系『江談抄』」（『説話文学研究』四二号、二〇〇七年）。

（3）本書は『尊経閣叢刊』の一巻として一九三八年に刊行されている（侯爵前田家育徳財団発行）。

（4）神田喜一郎旧蔵本は「古典保存会」による複製本が、橋本進吉の解説を添えて一九三〇年に刊行されている。

（5）醍醐寺三宝院本は「古典保存会」による複製本が、橋本進吉の解説

一覧」について一言しておきたい。「例言」にあるように、目次および本文の柱は類聚本系の事書（新日本古典文学大系32『江談抄　中外抄　富家語』〔一九九七年、岩波書店〕による）を勘案して作成し、「言談一覧」もこれに対応させている。それは、古本系に属する本書にはそのような事書が存在しないために取った便宜的な措置である。

　類聚本系の事書を基準に見ると、本書の言談は、形式の面から言えば、〔1〕改行せずに次の言談に移行している場合、〔2〕改行せず、一字空白を置いて次の言談に移行している場合、が認められる。[11]

　これに加えて、〔3〕本書で改行してつぎの言談に移行する箇所でも、類聚本系では言談の区切りとしていないことがある。この場合は言談の内容からの判断も困難なケースがある。一つの例として、本書二四～二五頁のNo.23「嵯峨天皇御時落書多々事」とNo.24「弘法大師如意宝珠瘞納札銘事」について述べる。類聚本系の「嵯峨天皇御時落書多々事」（第三―42）の構成はつぎの通りである（便宜、行番号を付す）。

①　嵯峨天皇之時無悪善ト云落書（中略）被仰令書給
②　一伏三仰不来待書暗降雨慕漏寝　如此読云々
③　十廿卅　五十　落書事
④　海岸香　在怨落書也
⑤　二冂口月八三　中トホセ　市中用小斗
⑥　欲　唐ノケサウ文　谷傍有欠欲日本返事　木頭切月中破不用
⑦　粟天八一泥　加故都
⑧　或人云為市々有砂々々　左縄足出　志女砥与布

本書では③～⑥が見えず、この位置にNo.24「弘法大師如意宝珠瘞納札銘事」の二行分、すなわち、

⑨　又云弘法大師如意宝珠瘞納札銘云々（ママ）
⑩　宇一山精進峯竹目々底土心水道場此文未読云々

が入っている。ちなみに類聚本系ではこの言談は第一―42に収められている。本書の現状を示せば、つぎの通りである。

①　嵯峨天皇之時無悪善止云落書（中略）被仰令書給
②　一伏三仰不来待畫暗降雨慕漏寝如此読云々
⑨　又云弘法大師如意宝珠瘞納札銘云々（ママ）
⑩　宇一山精進峯竹目々底土心水道場此文未読云々
⑦　粟天八一泥　加故都
⑧　又或人云為市々有砂々々又左縄足出　シメトヨフ

この配列は、本書と近い系統とされる醍醐寺本『水言鈔』でも同じである。ここにおいて、No.23「嵯峨天皇御時落書多々事」に①②が、No.24「弘法大師如意宝珠瘞納札銘事」に⑨⑩が該当することは確実であるが、問題は⑦と⑧である。類聚本系は前述のようにこれらをNo.23の一部としている。本文（二五頁）の柱では、類聚本に従って⑦⑧を「（嵯峨天皇御時落書多々事）」と表示した。しかし古本系の配列によると、これらがNo.24に含まれるものか、あるいはそれぞれ独立の言談と見なすべきかの判断が必要になる。その際、参考となるのは醍醐寺本『水言鈔』巻頭の目録である。これによれば、No.23・

書出申候ハヽ、其上ニ而相考可然奉存候」、および（Ⅱ）―（２）冒頭の「此一巻相考申候処、何之書タルト申候義不知申候」との記述である。順庵は金沢藩第五代藩主前田綱紀に長期にわたって仕え、かたわら綱紀の典籍収集にも多大の貢献をしていることで知られる。(9) 右の「添書」も、綱紀の命により本書を検討した結果の報告の類と推察されるが、この時点では本書の書名を明らかにすることはできなかった。

（三）

「尊経閣叢刊」の本書に付された「前田本江談抄解説」には次のような記述が見える。

> この本は延宝五年前田家五代松雲公諱綱紀が武州金沢称名寺より他の古本と共に獲られたもので、即ち金沢文庫の旧蔵である。その時の記録に無題号で口不足とあるから、この時既に巻首の闕けてゐたことが知られる。而してもと如何なる書か判らなかつたが近代に於て之が江談抄の零本たることが知られるに至つた。

まず第一に、綱紀が延宝五年に称名寺から本書を入手した「その時の記録に無題号で口不足とある」との記述の根拠についてである。ここに見える「その時の記録」については、関靖『金沢文庫の研究』（一九七六年、藝林舎。原版発行一九五一年）の附録に紹介されている「称名寺書物之覚」がそれに該当する内容を有している。関の著書から当該箇所を引用すれば以下の通りである。

> 一無題号　無作人　廿一枚　一巻
> 　延喜一条院時分ナトノ事ヲ色々書申候　口不足ニテ御座候
> 　延応二年ノ書本ノ暦ヲ裏返書申候
> 奥書
> 　寛元三年丁巳七月十九日於鎌倉甘縄辺書写畢

この「覚」の末尾には「三月二日　津田太郎兵衛」とあり、前田家の家臣津田光吉が記録したものと考えられるが、年紀は不明であり、前述の延宝五年に入手との記述の根拠とはならない。(10) しかしこの「覚」の内容は上記解説の「無題号で口不足」との記述に合致し、また紙背の暦、奥書に関する「覚」の記述も本書のそれと一致しており、本書が金沢文庫旧蔵本であったと見てよいであろう。

第二に、本書が『江談抄』であることが「近代に於て」知られるに至ったとの記述についてである。「解説」がいう「近代」とは具体的にいつのことか、どのような経緯で『江談抄』と判明したのか、それらを明らかにする資料は管見に入っていない。今後の課題としておく。

三　尊経閣文庫本の「言談一覧」について

最後に、本解説の末尾に掲載した「尊経閣文庫本『江談抄』言談いる。一紙は一九行が基本で、一行は二一字前後である。

なお、「尊経閣叢刊」の一巻として一九三八年に影印刊行された本書に付された「前田本江談抄解説」は、「江談抄と具注暦の筆跡は頗る相通ずる所があり、恐らくは同一人の筆になるものと認められる」としているが、断定は躊躇される。

本文の第一紙には大きな破損がある。紙背の暦は十二月二十日まで存在し、二十一日以下が欠損していることになる。十二月は大の月であるので、一〇行ないしそれ以上の欠損が想定される。一方、本文第一紙は一三行（暦では十二月八日～二十日）が残存している。一紙の基本は前述のように一九行であるから、本来、この暦には六行分の欠損プラス一紙（以上）、すなわち二五行（以上）が存在していたと見られる。ただしこの六行分の欠損プラス一紙（以上）がそのまま『江談抄』巻頭の欠損に等しいとはいえず、『江談抄』の欠失がどの程度であったかは不明とせざるを得ない[7]。なお欠損の箇所には幅約一五センチメートルの白紙を補っているが、この補紙は本紙の色に似せて染めているようである。このほか本紙の破損は、かなり大きなものが第二紙右端三行の下部にも認められ、補修が加えられている。また全巻を通じて下端に小規模な虫損や傷みがあり、繕いが施されている。

本紙に関しては、前掲の法量表に示したように、第一九紙と第二〇紙の紙幅が他より短い。紙背の暦はこの継目の前後で九日から十三日に飛んでいる（口絵参照）。『江談抄』の書写の際に、何らかの事情[8]で第一九紙左端を二行、第二〇紙右端を一行切り取って再度貼り継いだためと見られる。

なお第二二紙の左端（巻末）には糊の沁みと思われる汚れが認められるが、これは元の軸を装着していた痕跡と推定される。

（二）

本書を納めた桐箱には、（Ⅰ）「江談抄古題簽」と上書きした包紙に包まれた短冊状の紙片三点（参考図版一三四～一三五頁参照）、および（Ⅱ）「木下貞幹等添書　二通」と上書きした包紙に包まれた書付二点（参考図版一三六～一三七頁参照）が納められている。（Ⅰ）―（3）「御吟味」（縦五・五センチメートル、横二・八センチメートル）の意味・用途は不詳であるが、（Ⅰ）―（1）「古書　書出聖廟　順菴副書一通　一巻」（縦二二・三センチメートル、横四・五センチメートル）、（Ⅰ）―（2表）「古書一巻書出聖廟」（縦二二・三センチメートル、横三・八センチメートル）は題簽というにふさわしい形状である。恐らく（Ⅰ）―（1）は本書のもとの箱ないし包紙に付されていたもの、（Ⅰ）―（2）は本書の原表紙に付されていた題簽ではないかと推定する。

（Ⅰ）―（1）、（Ⅰ）―（2）にはともに「古書」「書出聖廟」の文字が見えるが、これは、ある時期まで本書の書名が明らかでなかったことをうかがわせる。このことを裏付けるのは木下順庵（元和七［一六二一］～元禄十一［一六九八］）の「添書」（Ⅱ）―（1）の「一無外題　書出聖廟（中略）外題之義ハ先此通ニ被遊、追而此類之

尊経閣文庫所蔵『江談抄』法量表

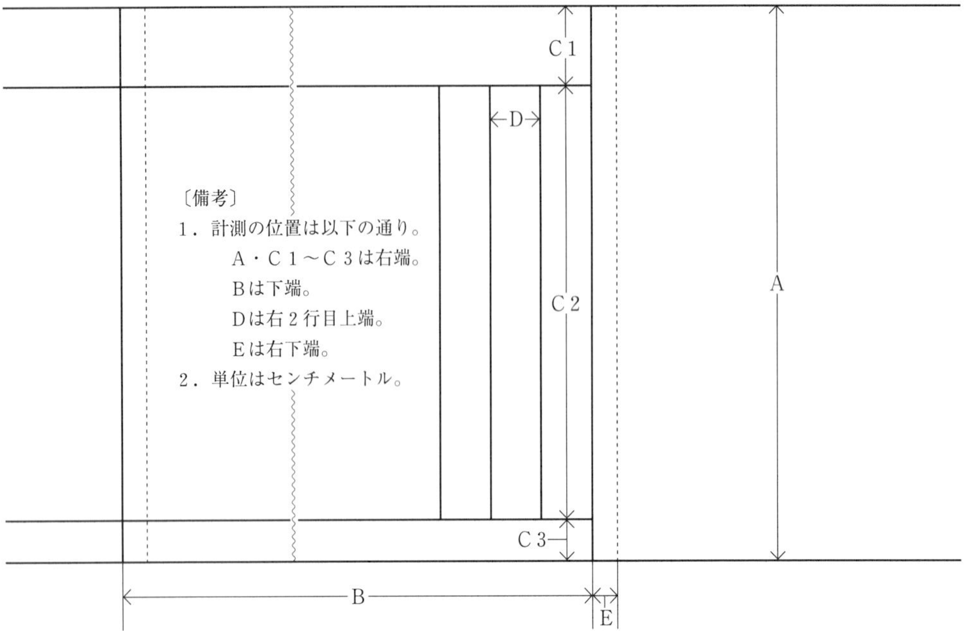

紙　数	A	B	C 1	C 2	C 3	D	E	備　考
表　紙	28.0	20.3					0.4	
補　紙	27.8	14.8			1.4		0.4	下端から1.4cmに押界あり。
第１紙	27.8	30.2	2.9	24.0	0.9	2.3		E、右端破損のため計測不能。
第２紙	27.8	45.0	2.9	24.0	0.9	2.5	0.3	
第３紙	27.8	45.2	2.9	24.0	0.9	2.5	0.3	
第４紙	27.9	45.2	2.9	24.1	0.9	2.4	0.3	
第５紙	27.9	45.2	3.0	24.0	0.9	2.4	0.3	
第６紙	27.9	45.1	3.0	24.0	0.9	2.4	0.3	
第７紙	27.9	45.2	3.0	24.1	0.8	2.6	0.3	
第８紙	27.9	45.1	3.0	24.0	0.9	2.3	0.3	
第９紙	27.9	45.1	3.0	24.0	0.9	2.3	0.3	
第10紙	27.8	45.0	2.9	24.0	0.9	2.3	0.3	
第11紙	27.9	45.0	2.9	24.0	1.0	2.6	0.3	
第12紙	27.9	45.1	3.0	24.0	0.9	2.3	0.3	
第13紙	27.9	45.0	2.9	23.9	1.0	2.3	0.3	
第14紙	27.8	45.2	2.9	23.9	1.0	2.5	0.3	
第15紙	27.9	45.0	3.0	23.9	1.0	2.5	0.3	
第16紙	27.9	45.1	3.0	24.0	0.9	2.6	0.4	
第17紙	27.9	44.9	2.9	24.0	1.0	2.6	0.3	
第18紙	27.8	44.9	2.9	24.0	0.9	2.5	0.3	
第19紙	27.8	39.7	2.9	24.0	0.9	2.5	0.3	
第20紙	27.8	42.5	2.9	24.0	0.9	2.4	0.5	
第21紙	27.8	44.8	2.9	24.0	0.9	2.5	0.3	
第22紙	27.9	41.7	2.8	24.1	1.0	3.2	0.3	
軸付紙	27.8	8.3			1.4		0.3	下端から1.4cmに押界あり。
軸	28.2							直径1.3cm。杉材。

していたことを詳細に論じている。
『江談抄』の写本は多数伝わっているが、諸本の系統は古本系と類聚本系に大別される。今回、影印刊行する尊経閣文庫本は[3]（1）神田喜一郎旧蔵本[4]（もと高山寺旧蔵本、一巻）、（2）醍醐寺三宝院本[5]（一冊）とともに古本系に分類される。類聚本系は古本系に属する（1）（2）の系統の本をもとに内容を再分類・再配列するとともに、『和漢朗詠集』古写本に書き入れられた「朗詠江注」を用いるなどして編纂されたものと考えられている[6]。

（1）は永久二年（一一一四）・同三年の書写奥書を有しており、これは匡房の没後三・四年に当たる。本文は問答の形式をよく保存しており、『江談抄』の古い形態を伝えるものと評価されている。

（2）は『水言鈔』と題する写本である。表紙に「勤息勝賢之」とあり、『江談抄』筆録の中心人物である藤原実兼の孫に当たる醍醐寺座主勝賢（保延四［一一三八］～建久七［一一九六］）の所蔵にかかるものであったことが知られ、平安末期の写本と考えられる。また裏表紙見返しには建久九年（一一九八）の「沙門成賢」の一見奥書があるが、成賢（応保二［一一六二］～寛喜三［一二三一］）は勝賢の甥に当たり、勝賢と同じく醍醐寺座主を務めた（以上『尊卑分脈』）。（2）は古本系の中では最も多くの言談を伝えている。

尊経閣文庫本は（2）に近い系統の写本から公事や故実に関する言談を抄出したものと考えられている。「寛元三年丁巳七月十九日於鎌倉甘縄辺書写了」の奥書を有し、寛元三年（一二四五）書写の写本である。なお本書の言談と類聚本との対応関係を表示して末尾に掲げた（尊経閣文庫本『江談抄』言談一覧）。

以下、節を改めて、尊経閣文庫本について書誌情報を中心に述べる。

二　尊経閣文庫本の書誌

（一）

尊経閣文庫本（以下、本書と称する）は一巻の巻子本で、桐製印籠箱（縦三一・八センチメートル、横六・五センチメートル、高六・一センチメートル）に納められている。箱蓋の表には「江談抄　一巻」、蓋の内側には「寛元三年抄本」と墨書されている（参考図版一三三頁参照）。また箱の側面には「雑書㊎／第三號」（㊎は朱印）の貼紙（縦二・六センチメートル、横一・八センチメートル）、および「國／寶」の朱印を捺した貼紙（縦三・〇センチメートル、横三・〇センチメートル）が付されている。

本書の表紙・紐はいずれも濃い茶色、軸は杉材で、いずれも近年に付されたものである。外題はない。本文は二二紙からなる。料紙は楮紙打紙と推定され、延応二年（仁治元・一二四〇）の具注暦を翻して書写している。『江談抄』を書写するに当たっては、紙背の暦の界線の透けを利用し、暦の一行に本文を一行収めるように書写して

尊経閣文庫所蔵『江談抄』の書誌

吉岡眞之

一　『江談抄』の概要

『江談抄』は儒者として著名な権中納言大江匡房（長久二〔一〇四一〕～天永二〔一一一一〕）の言談を蔵人藤原実兼（応徳二〔一〇八五〕～天永三〔一一一二〕）が筆録したとされる談話筆記である。その根拠とされるのは、『今鏡』巻第十（しきしまのうちぎゝ）に見える「蔵人さねかぬときこへしひとの、まさふさの中納言のものがたりかけるふみに」（新訂増補国史大系本による）の一節である。(1) ただし、『江談抄』の中には実兼の死後の年紀を記したものもあることなどから、実兼の筆録を中心としながらも、複数の筆録者を想定する見方が多い。

藤原実兼は、儒家としての南家藤原氏の祖とされる大学頭兼文章博士藤原実範の孫で、藤原通憲（信西）の父に当たる（『尊卑分脈』）。実兼は鳥羽天皇の東宮時代から近侍し、康和五年（一一〇三）に東宮昇殿を許され、天皇即位後、蔵人に補された。文章生として家学の継承を志したと思われるが、天永三年に二十八歳で急死した（『中右記』天永三年四月三日条）。一説に殺害されたともいう（『殿暦』天永三年九月二十三日条）。『中右記』の記主藤原宗忠は実兼を評して「件人頗有二才智一、一見一聞之事不二忘却一、仍才藝超二年歯一」といい、その死を悼んでいる（『中右記』同日条）。

『江談抄』が筆録された時期については、大江匡房の最晩年、すなわち匡房が没した天永二年をさかのぼること数年、やや幅を取っても一〇年ほど（匡房が大宰府から帰洛した康和四年〔一一〇二〕以降と見て）の間と推定されている。筆録の契機については、『江談抄』巻五（73都督自賛事）の

（上略）只所二遺恨一ハ、不レ歴二蔵人頭一ト子孫カ和呂クテヤミヌルトナリ、足下ナトノ様ナル子孫アラマシカハ、何事ヲカ思侍ラマシ、家之文書、道之秘事、皆以欲二煙滅一也、就中史書、全経秘説徒ニテ欲レ滅也、無二委授之人一、貴下ニ少々欲二語申一、如何、（下略）（新日本古典文学大系『江談抄 中外抄 富家語』の原文による）

との記述にもとづいて、匡房が嫡男隆兼を亡くして江家の学統の断絶に危機感を抱き、若くして「頗有二才智一」と評価されるほどの秀才実兼に対して言談をなしたものと解するのが通説と思われる。ただしこの説に対しては、匡房には儒者としての道を歩み始めていた二男匡時があったのであり、筆録の契機はむしろ江家の学問を吸収しなければならなかった実兼の側の事情によるものであったとする佐藤道生の新説があり、(2) 当時、南家藤原氏の家学が存亡の危機に瀕

尊経閣文庫所蔵

『江談抄』解説

吉岡眞之
山本真吾

(2)

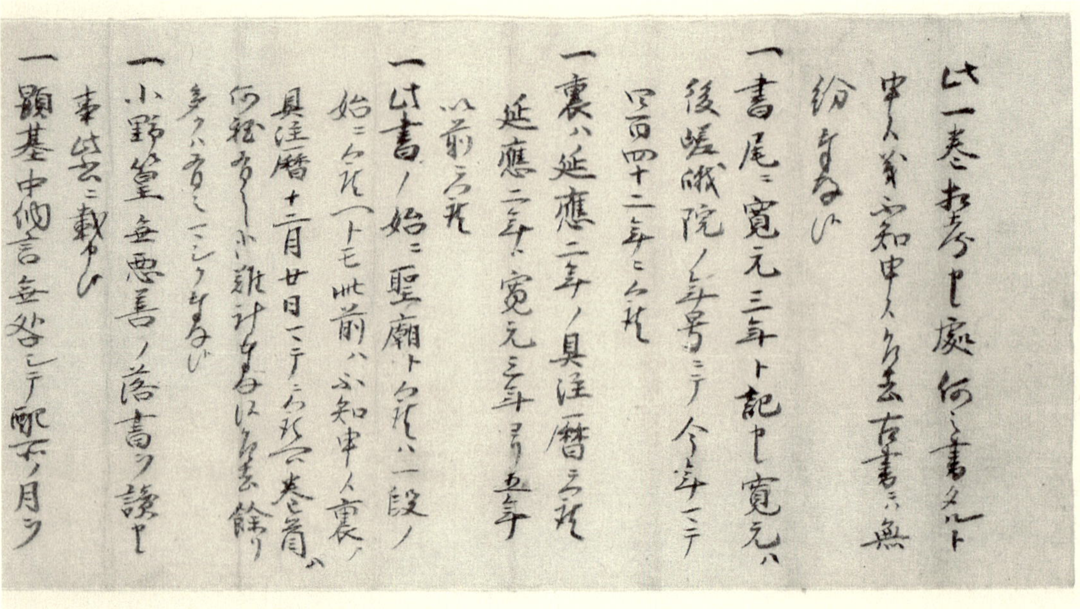
此一巻考申処何之書タルト
申ス義ハ不知申ス候古書ニハ無
紛候也
一書尾ニ寛元三年ト記セリ寛元ハ
後嵯峨院ノ年号ニテ今年ニテ
五百四十二年ニ成ル
一裏ハ延應二年ノ具注暦ニ而
延應二年ハ寛元三年ヨリ五年
以前ニ而
一此書ノ始ニ聖廟ト有之ハ一段ノ
始ニ有之トモ此前ハ不知申ス裏ノ
具注暦十二月廿日ニテ有之候巻首ハ
何程有之候哉難計候得共餘リ
多クハ有之間シク候也
一小野篁無悪善ノ落書ヲ読セ
事此書ニ載申也
一顕基中納言無咎ニテ配所ノ月ヲ

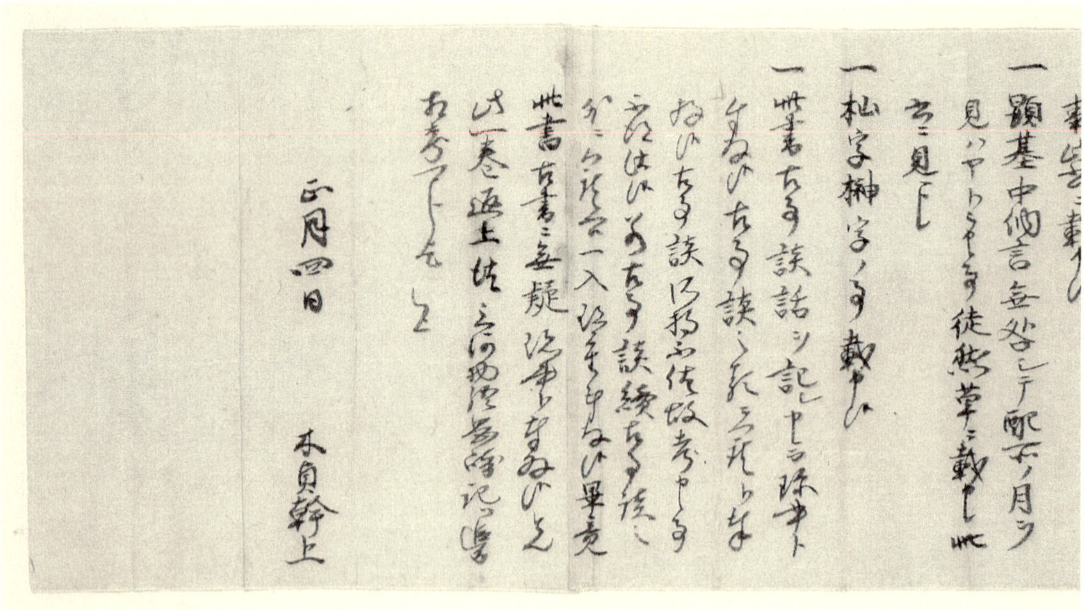
事此書ニ載申也
一顕基中納言無咎ニテ配所ノ月ヲ
見ハヤト申ス事徒然草ニ載セリ此
書ニ見ヘ申
一松字榊字ノ事載申也
一此書古事談詰ヲ記セリ古事談ト
申候古事談ニ有之候ト申
[illegible]
[illegible]
[illegible]
此書古書ニ無疑候事ト存候也
此一巻返上仕候[illegible]
御考可被下候以上
正月四日　藤貞幹上

木下順庵添書（2点）

（包紙）

木下貞幹等添書　二通

①

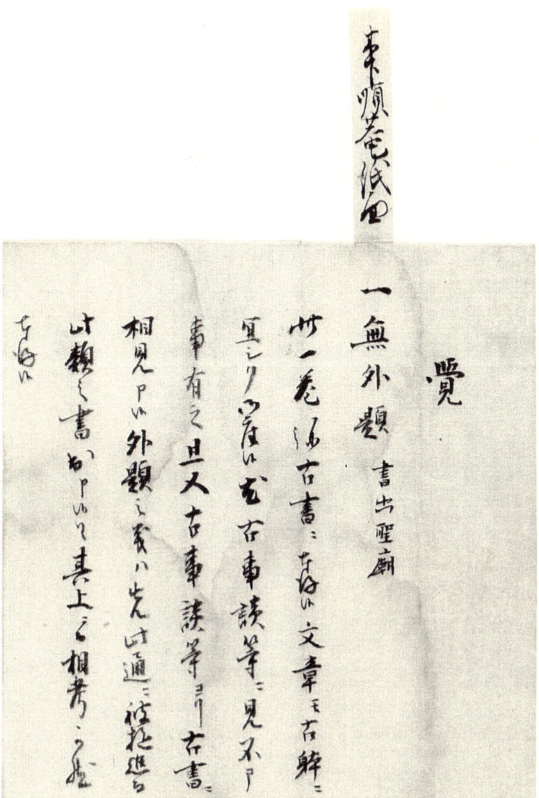
木順菴紙面

覚

一無外題　書出聖廟

（2表）

（2裏）

（3）

古題簽（3点）

（包紙）

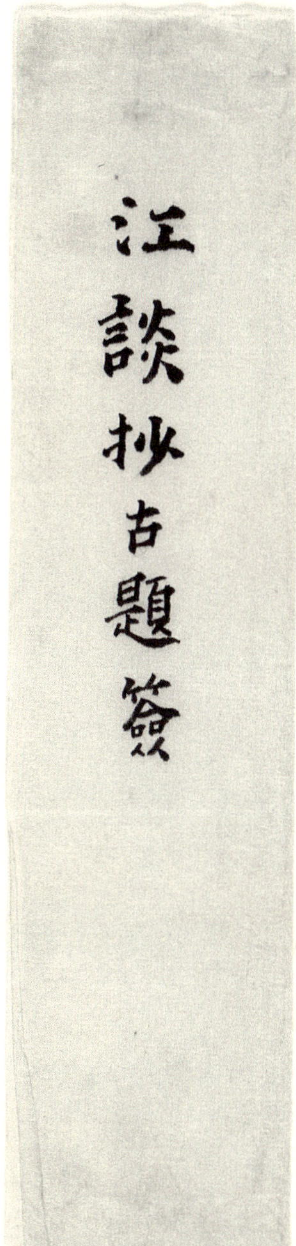

（1）

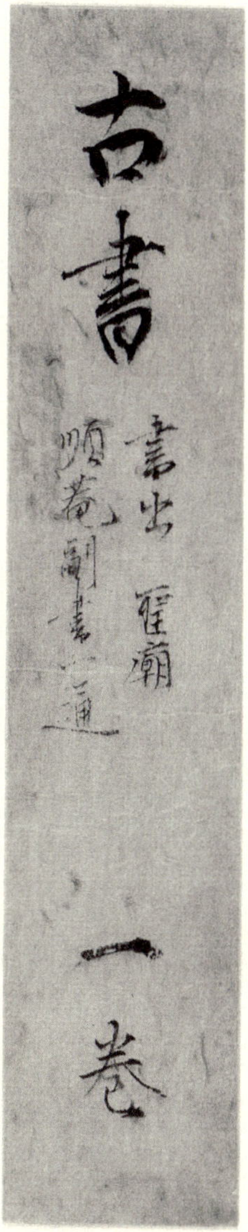

収納桐箱の蓋

（表）

（裏）

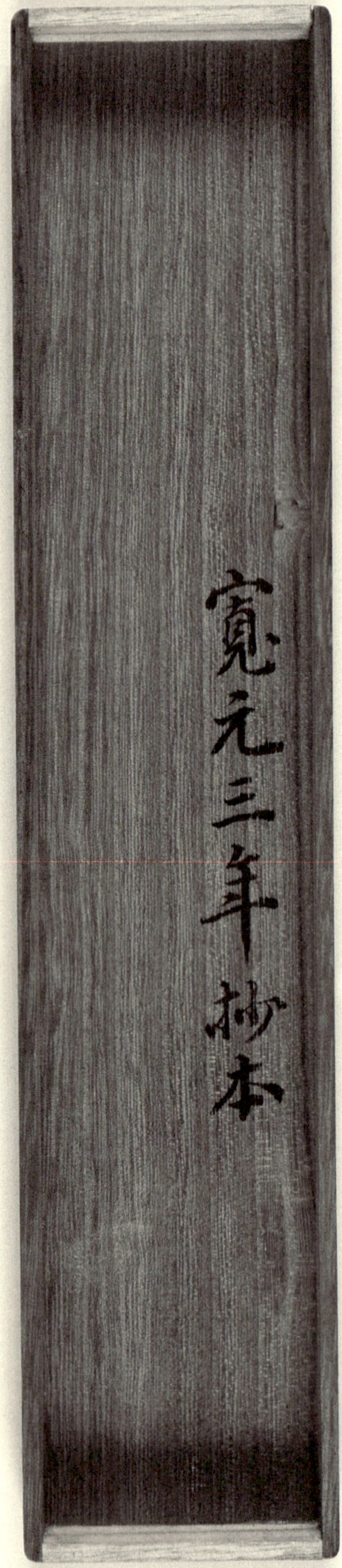

参考図版

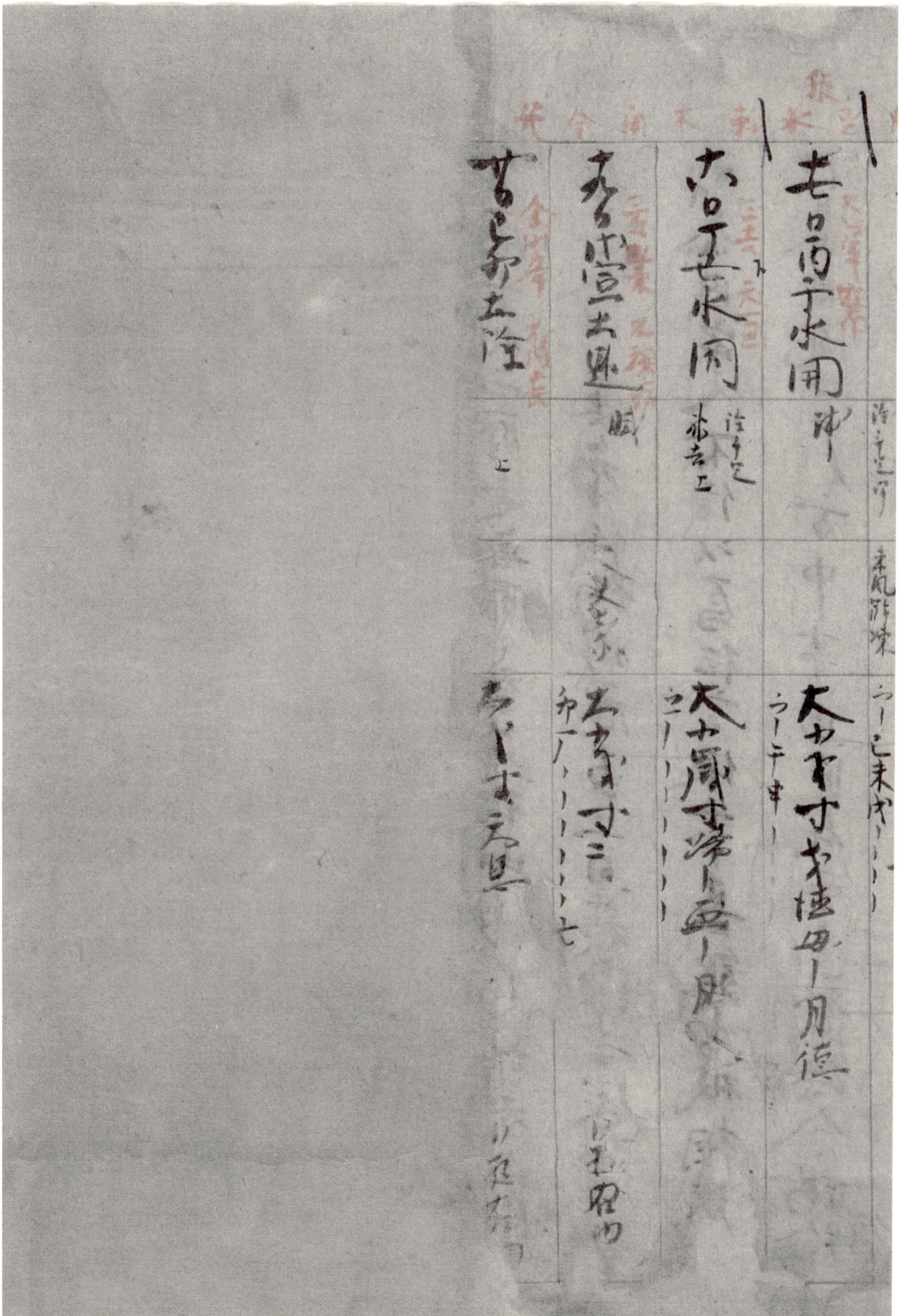

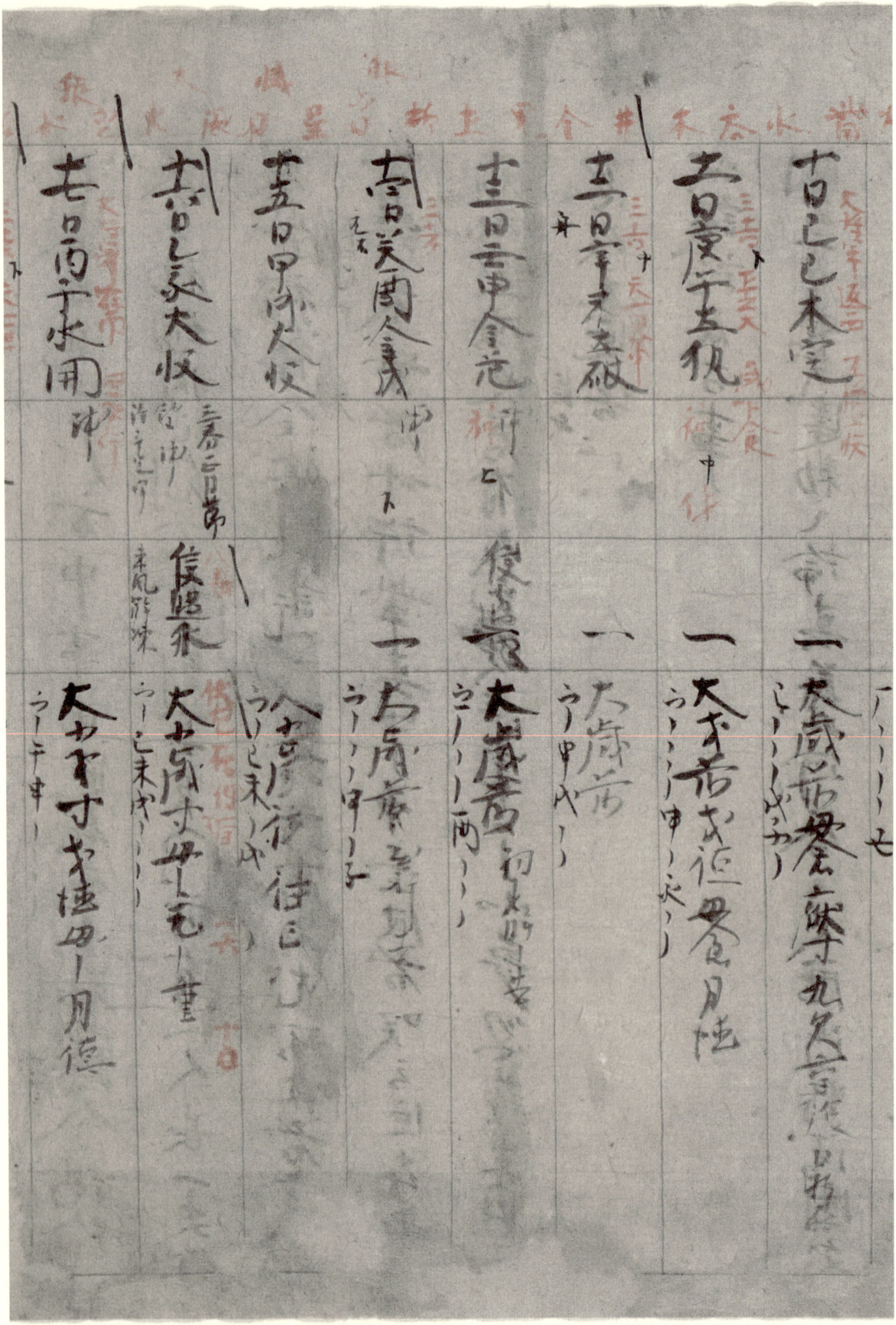

十日己巳木定
十一日庚午土執
十二日辛未土破
十三日壬申金危
十四日癸酉金成
十五日甲戌火収
十六日乙亥火収
十七日丙子水開

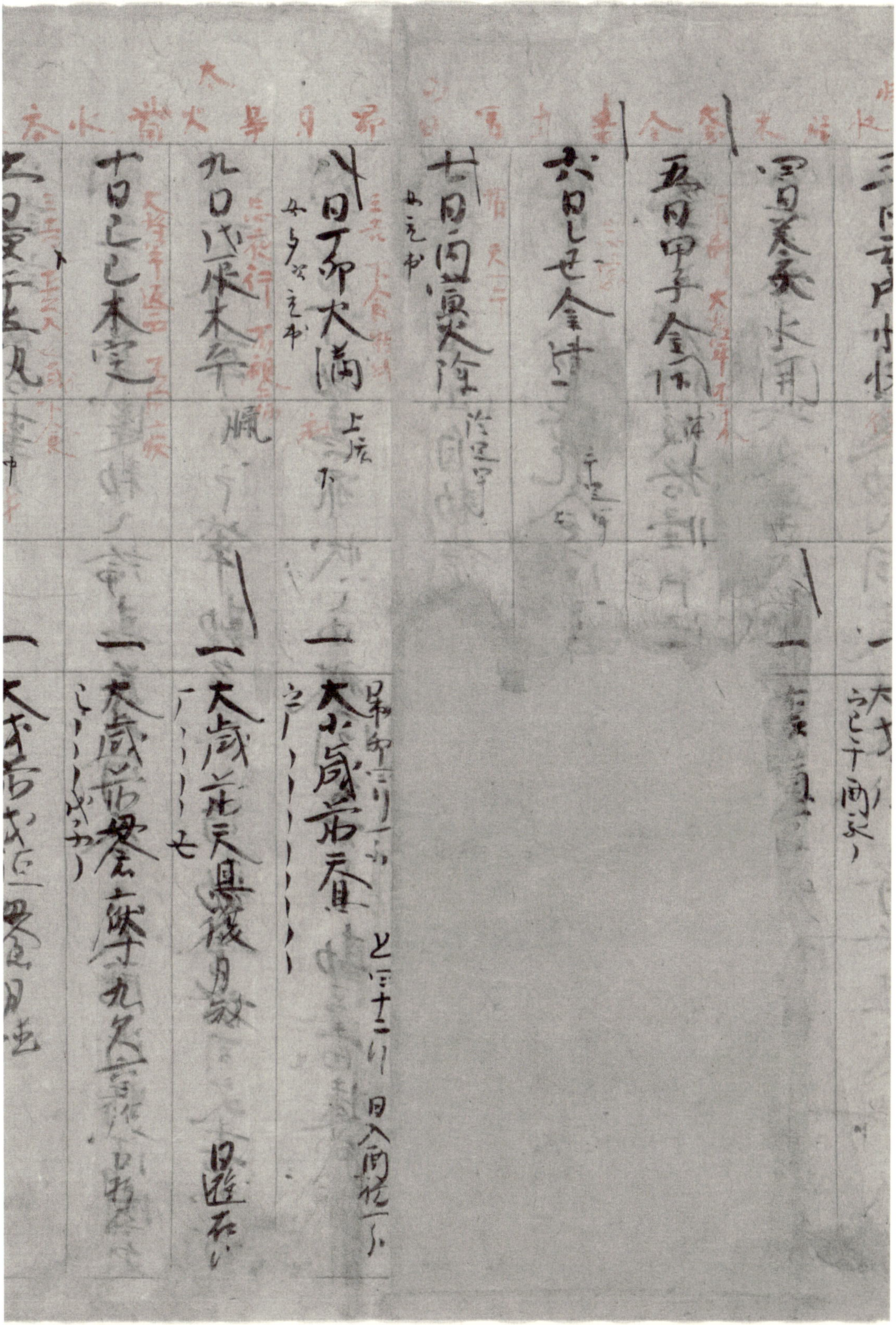

（1）

廿九日戊午火執　上　一　大歳位母倉復　日遊在内

卅日己未火破　斗　上　一　大歳位復　日遊在内

十二月大建　巳　天道西行　天徳在庚　月殺在辰　用時

廿　月徳在庚合在乙　月空在甲　三鏡　甲丁庚

一日庚申木危　大寒十二月中　上　一　大歳位女徳月徳

二日辛酉木成　下　一　大歳位

三日壬戌水收　一　大歳位

四日癸亥水開　一

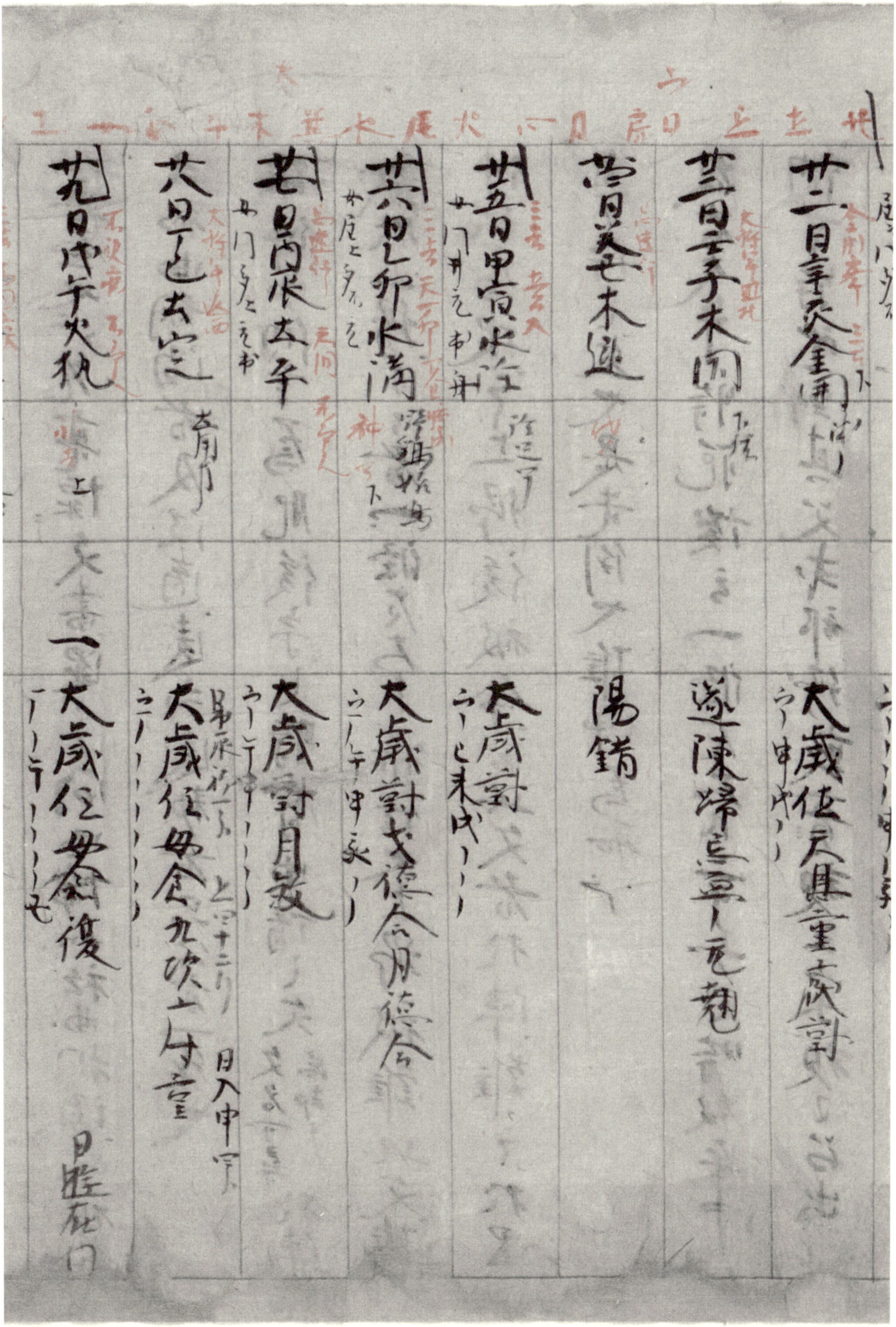

廿二日辛亥金開
大歳位天恩重厭對
廿三日壬子木閉
遊陳帰忌血忌
廿四日癸丑木建
陽錯
廿五日甲寅水除
大歳對
廿六日乙卯水満
大歳對戊徳合月徳合
廿七日丙辰土平
大歳對月殺
廿八日丁巳土定
大歳位母倉九坎土符
廿九日戊午火執
大歳位母倉復

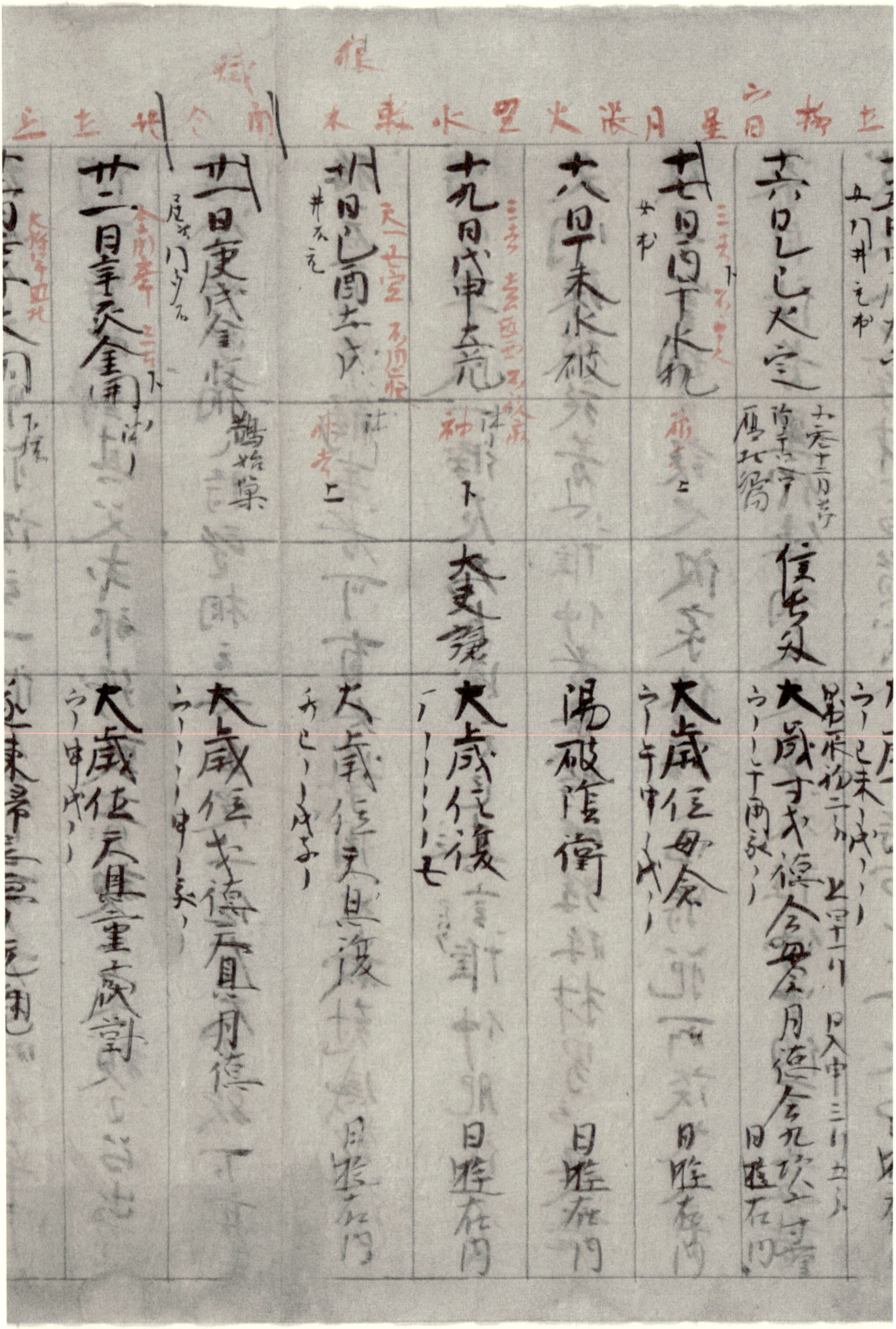

（2）

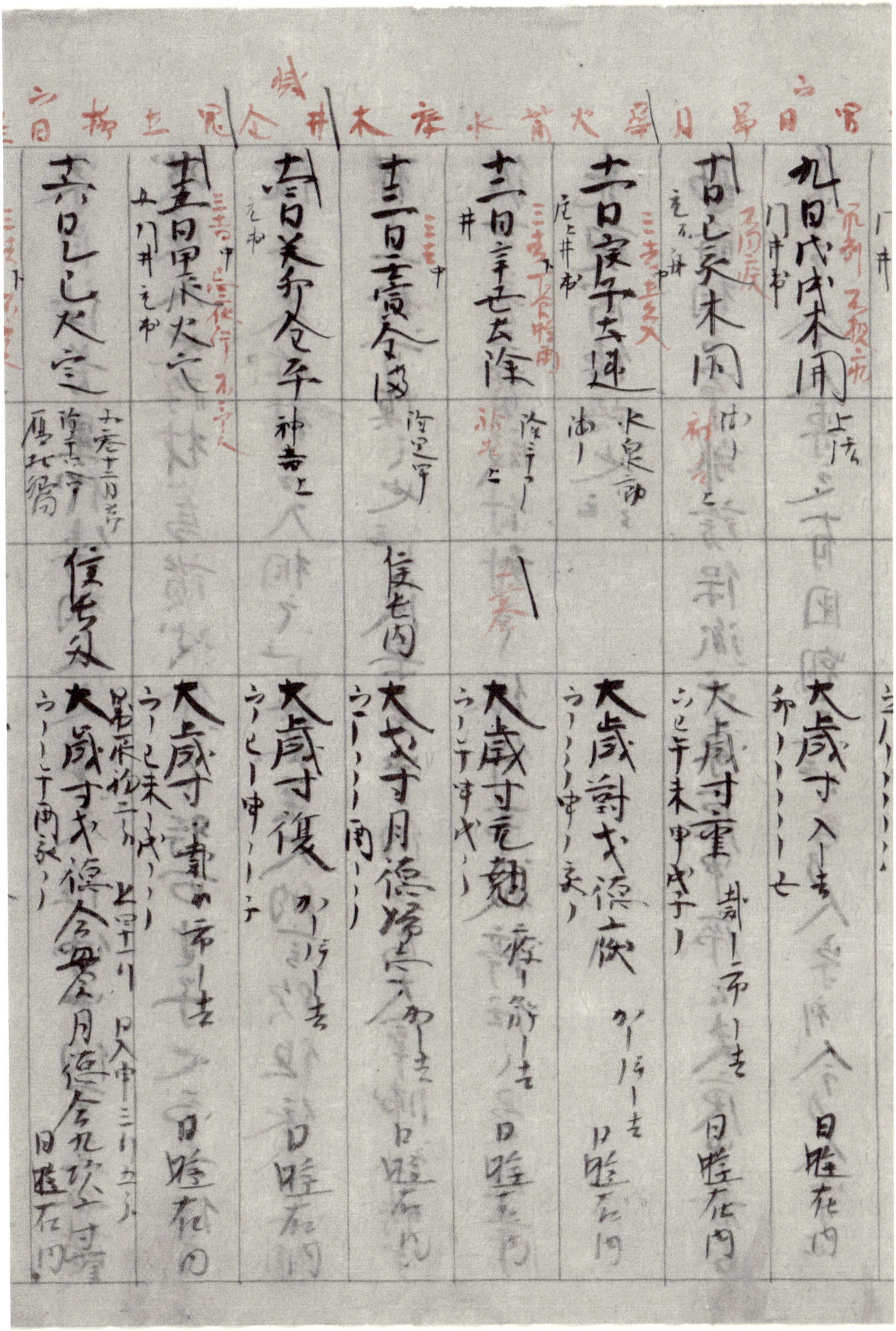
九日戊戌木閉
十日己亥木閉
十一日庚子土建
十二日辛丑土除
十三日壬寅金満
十四日癸卯金平
十五日甲辰火定
十六日乙巳火執

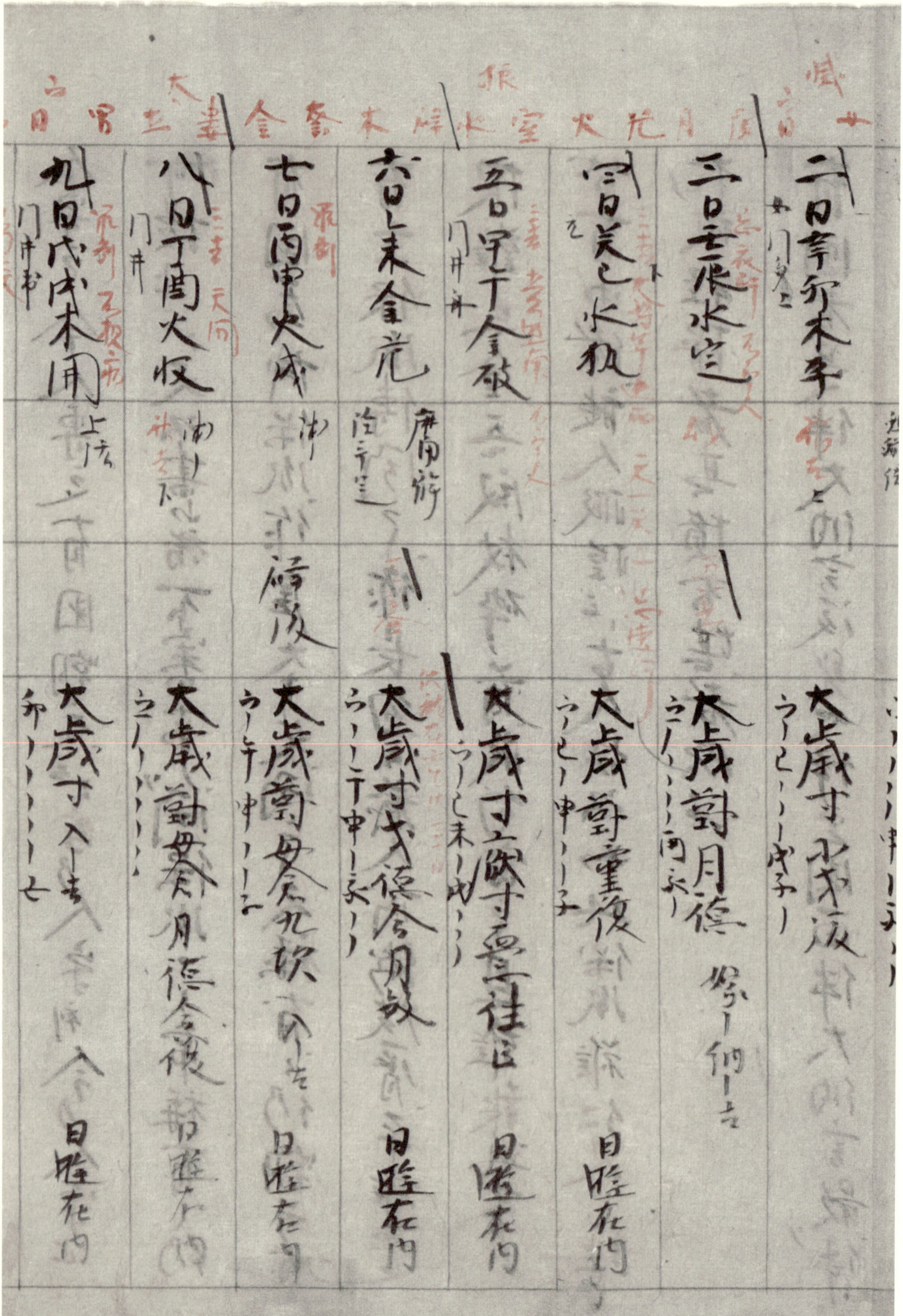

二日辛卯木平
三日壬辰水定
四日癸巳水執
五日甲午金破
六日乙未金危
七日丙申火成
八日丁酉火収
九日戊戌木開

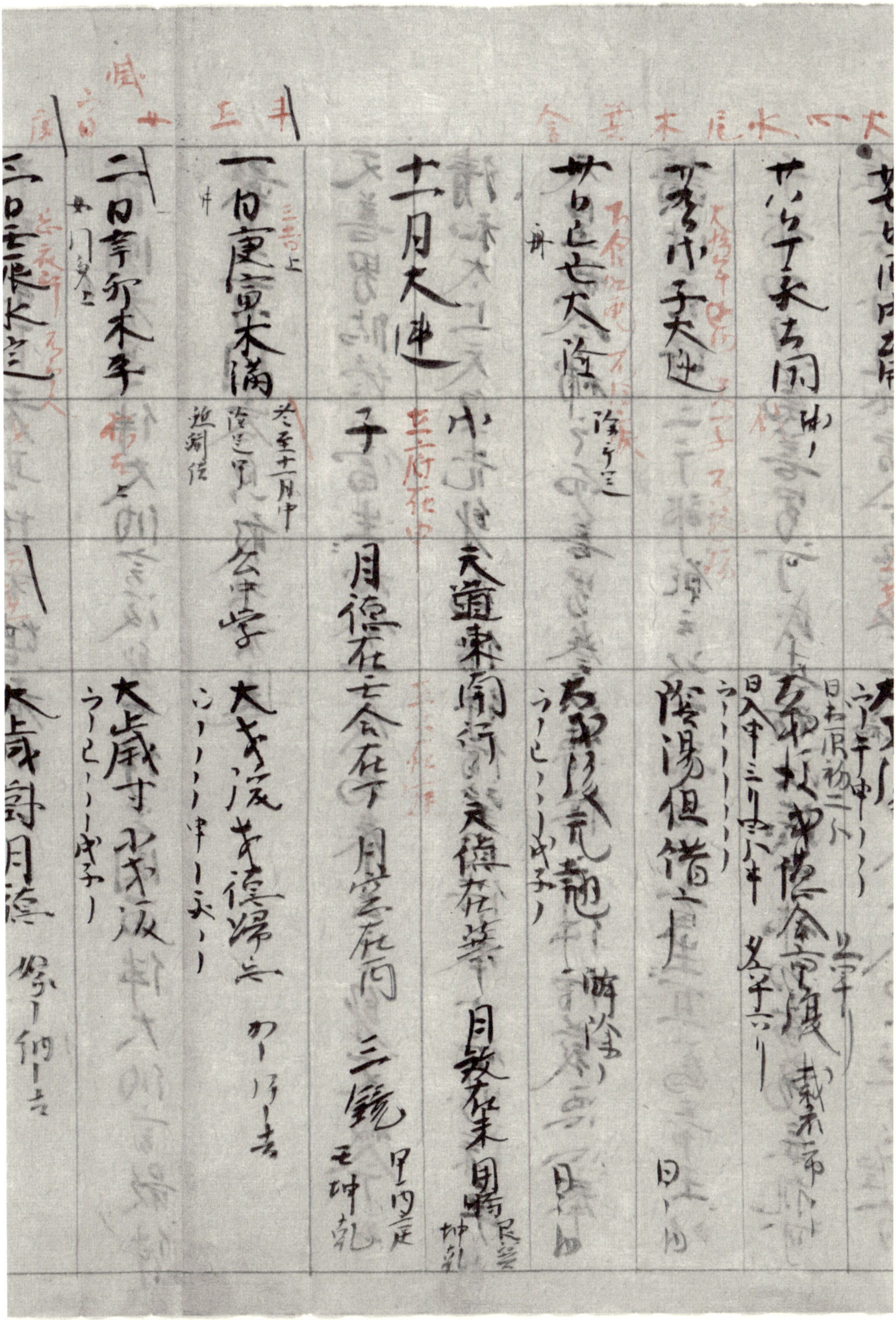

（3）

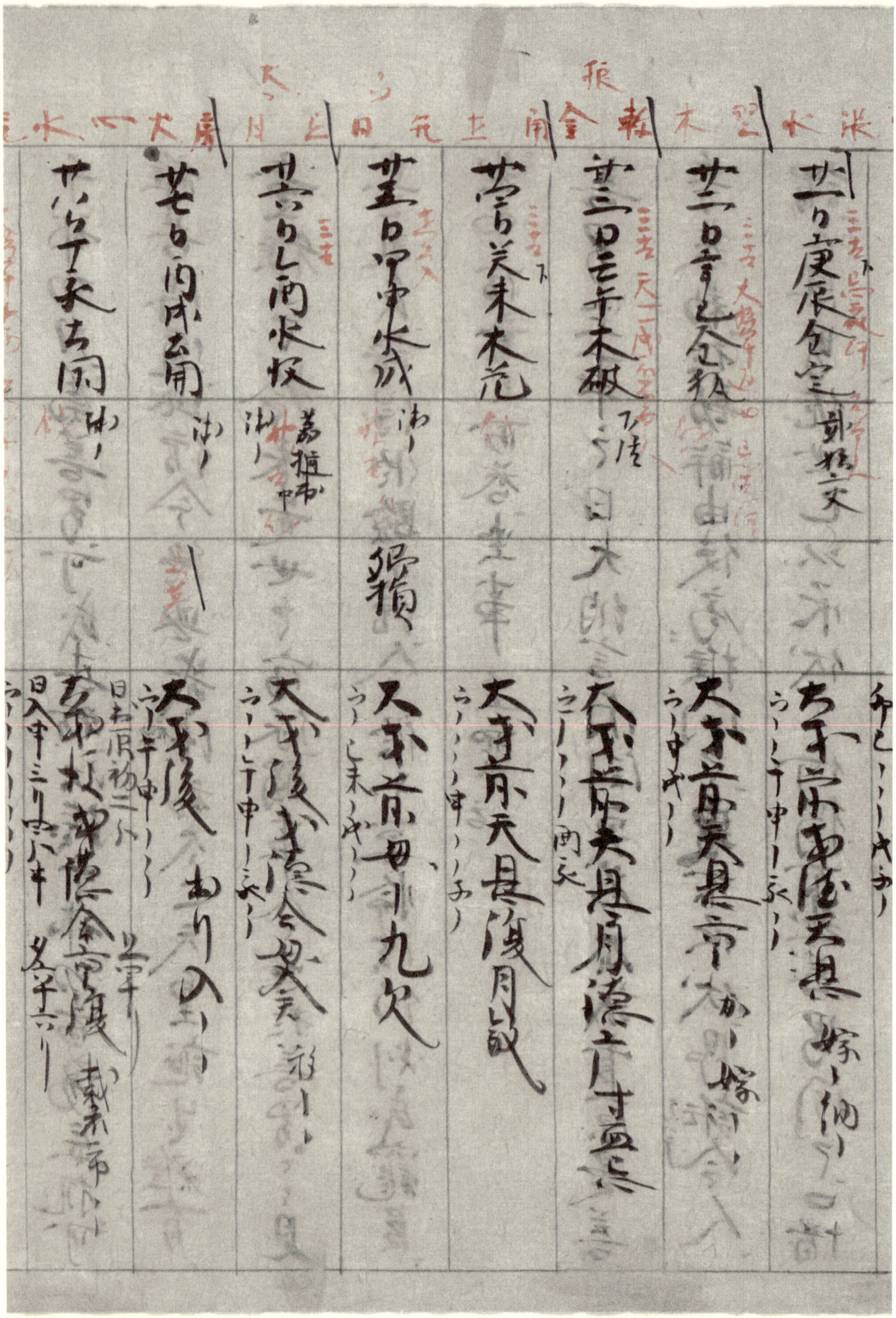
廿一日庚辰金定
廿二日辛巳金執
廿三日壬午木破
廿四日癸未木危
廿五日甲申水成
廿六日乙酉水収
廿七日丙戌土開
廿八日丁亥土閉

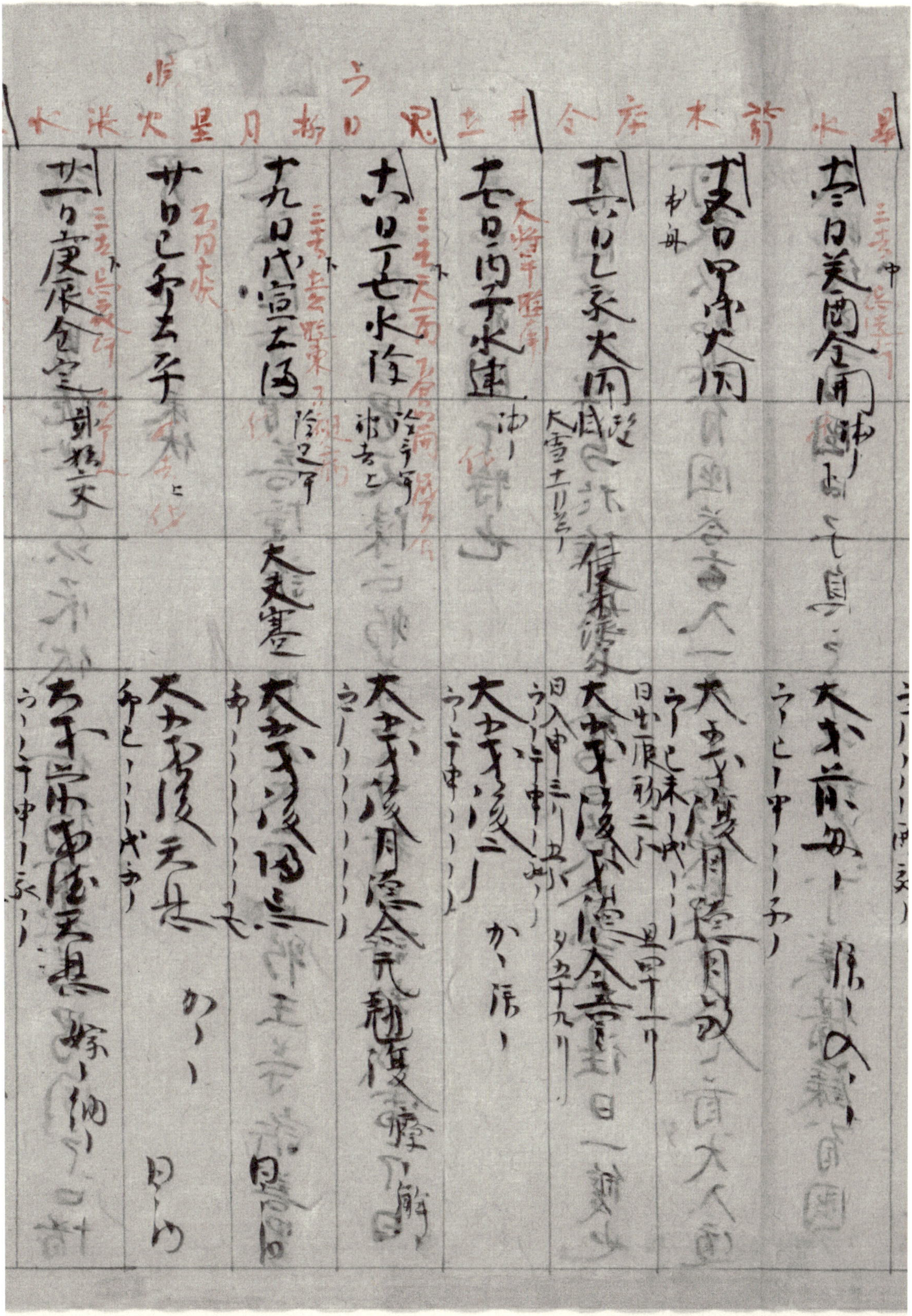

（4）

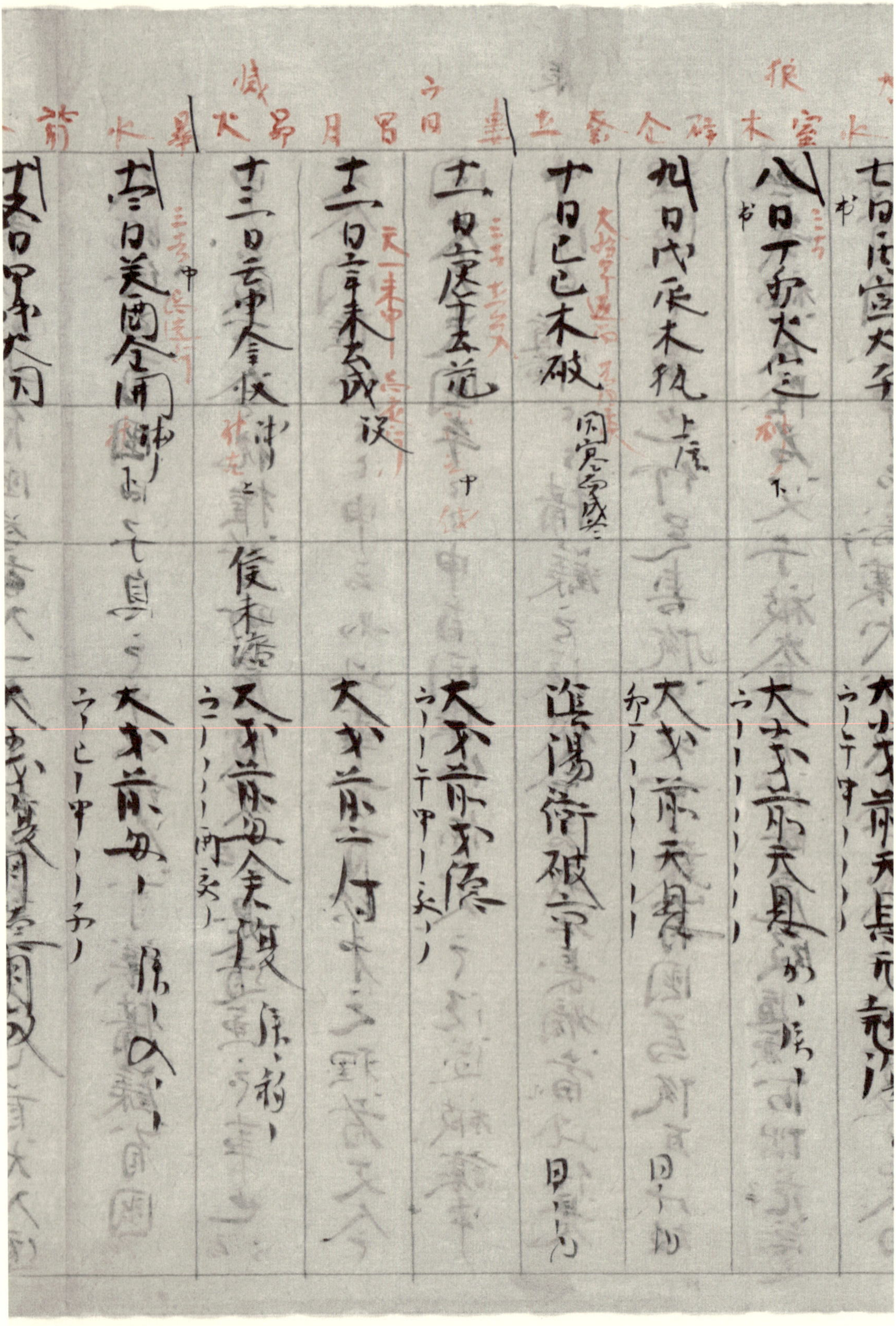

（4）

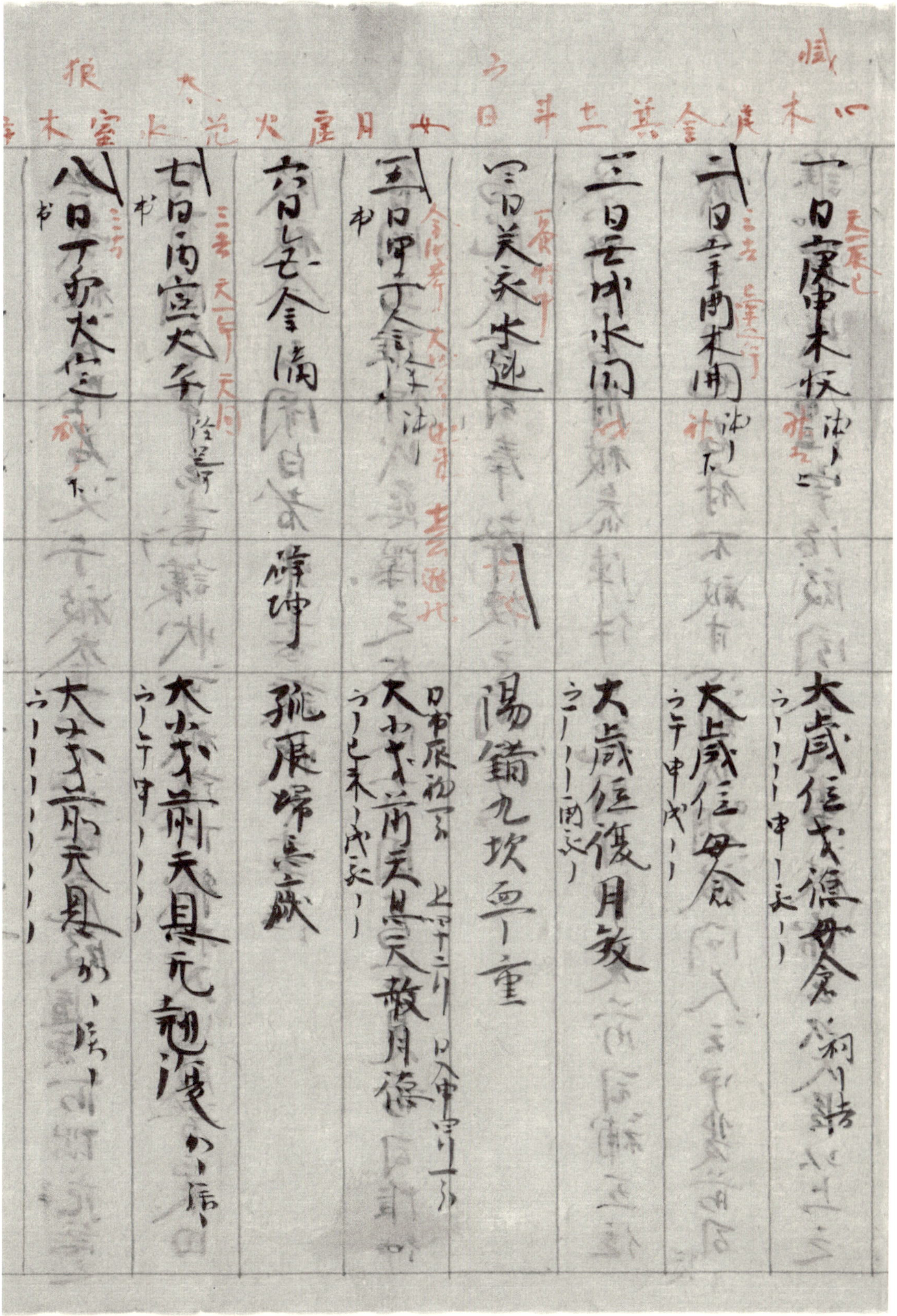

一日庚申木收　大歳位宜徳母倉
二日辛酉木開　大歳位母倉
三日壬戌水閉　大歳位復月殺
四日癸亥水建　陽錯九坎血忌重
五日甲子金除　大将軍前天恩天赦月徳
六日乙丑金満　孤辰帰忌厭
七日丙寅火平　大将軍前天恩元亀復
八日丁卯火定　大将軍前天恩

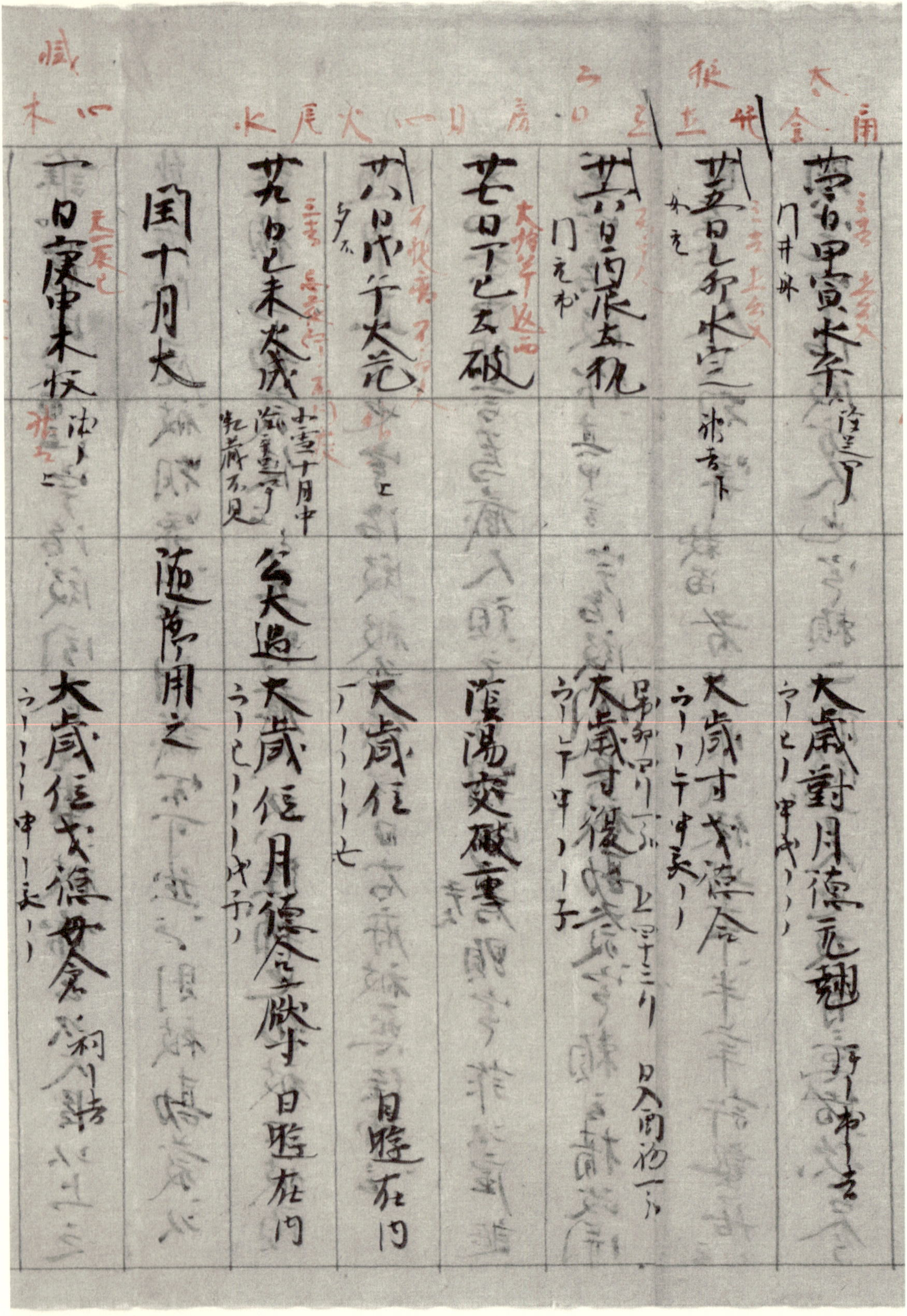
廿四日甲寅水平
大歳對月徳天恩
廿五日乙卯水定
大歳前天徳合
廿六日丙辰土執
大歳前復
廿七日丁巳土破
復厭対重
廿八日戊午火危
大歳位
廿九日己未火成
大歳位月徳合厭
閏十月大
随節用之
一日庚申木収
大歳位天徳母倉

（5）

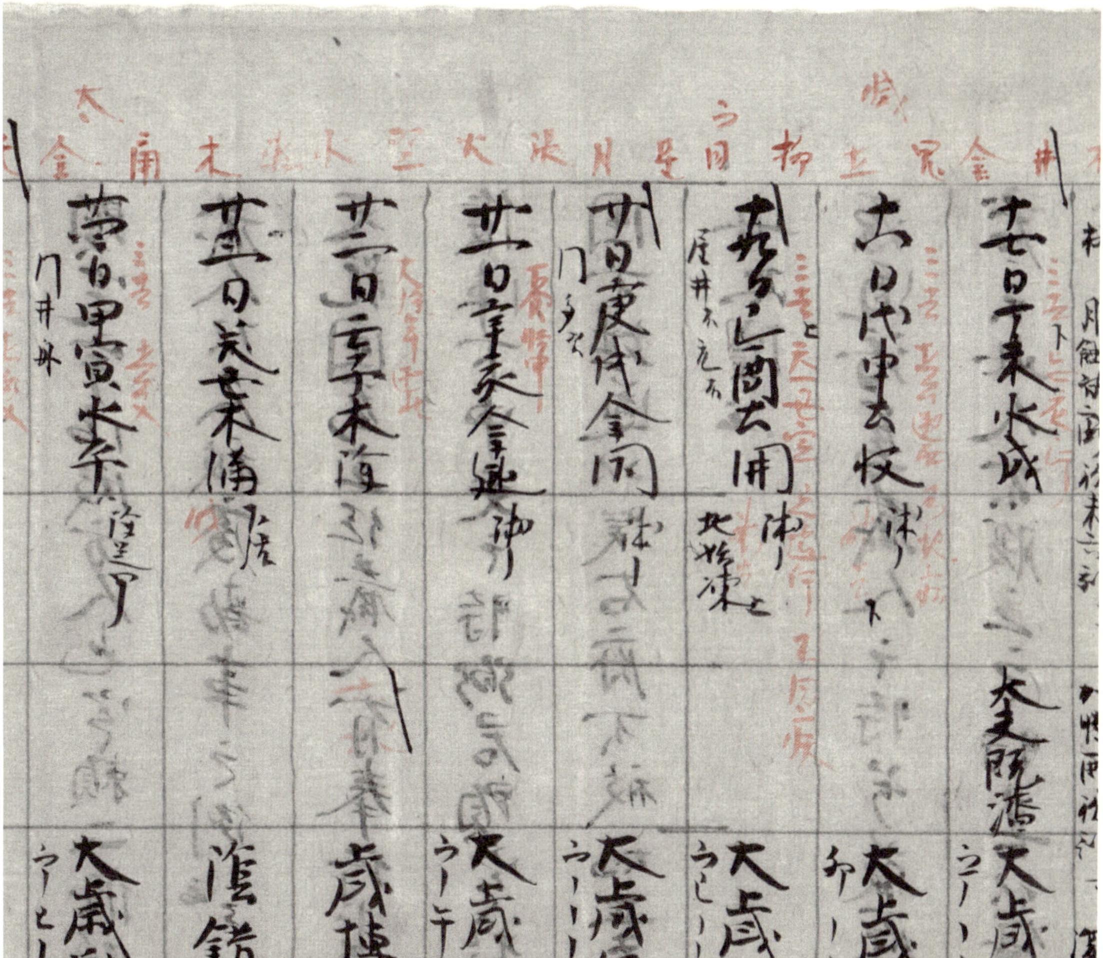
十七日丁未水成
十八日戊申土收
十九日己酉土開
廿日庚戌金閉
廿一日辛亥金建
廿二日壬子木除
廿三日癸丑木満
廿四日甲寅水平

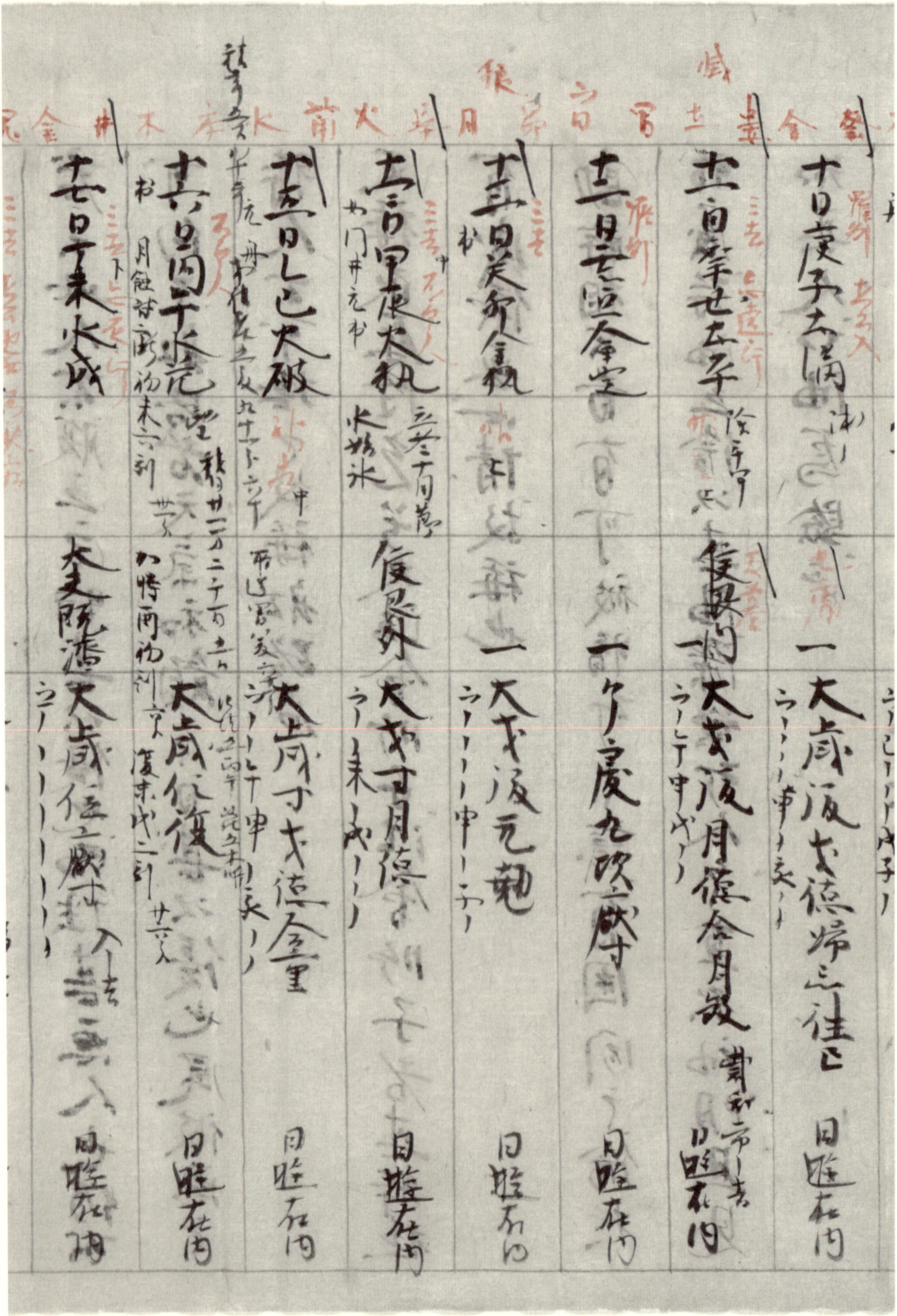

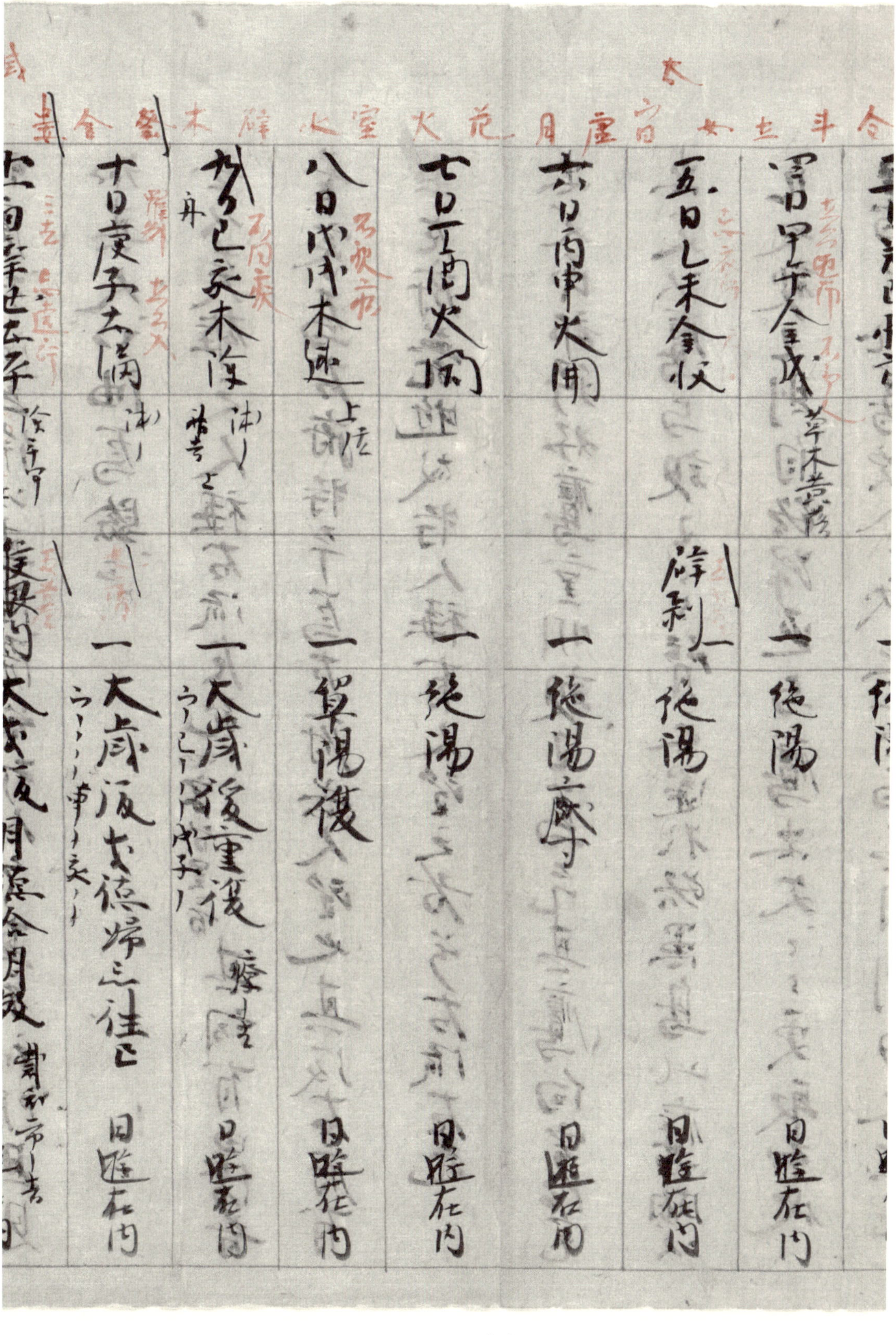

（6）

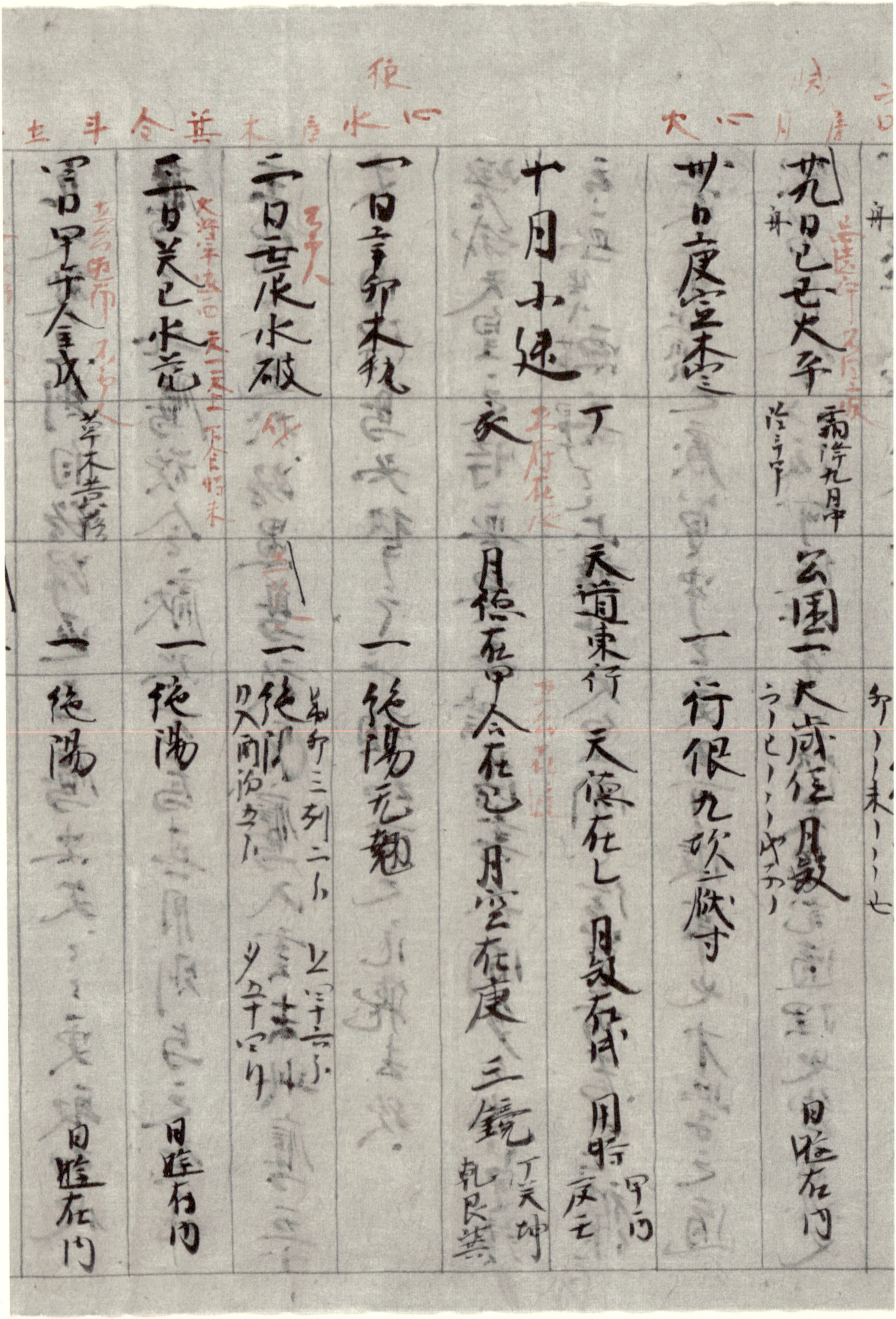

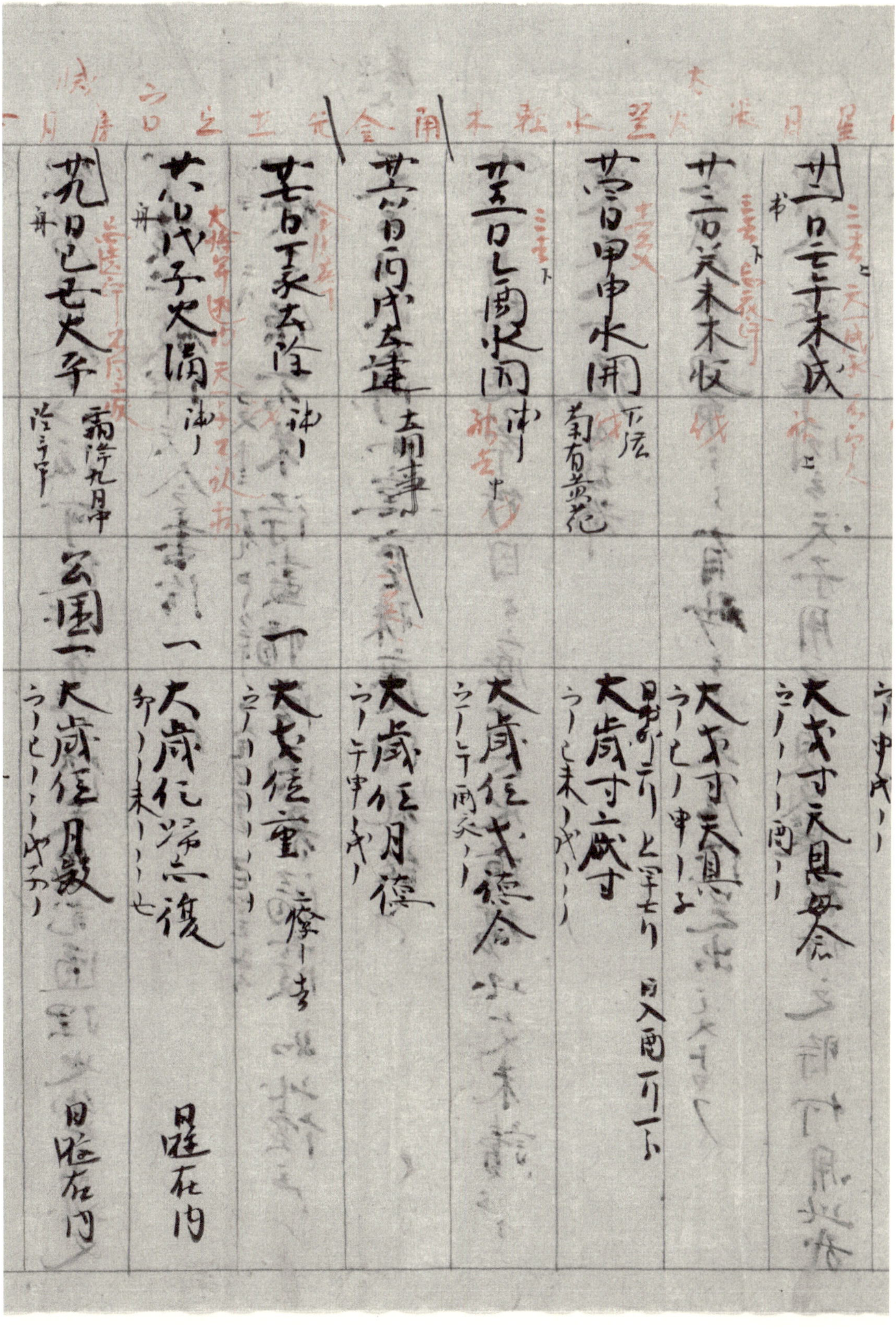

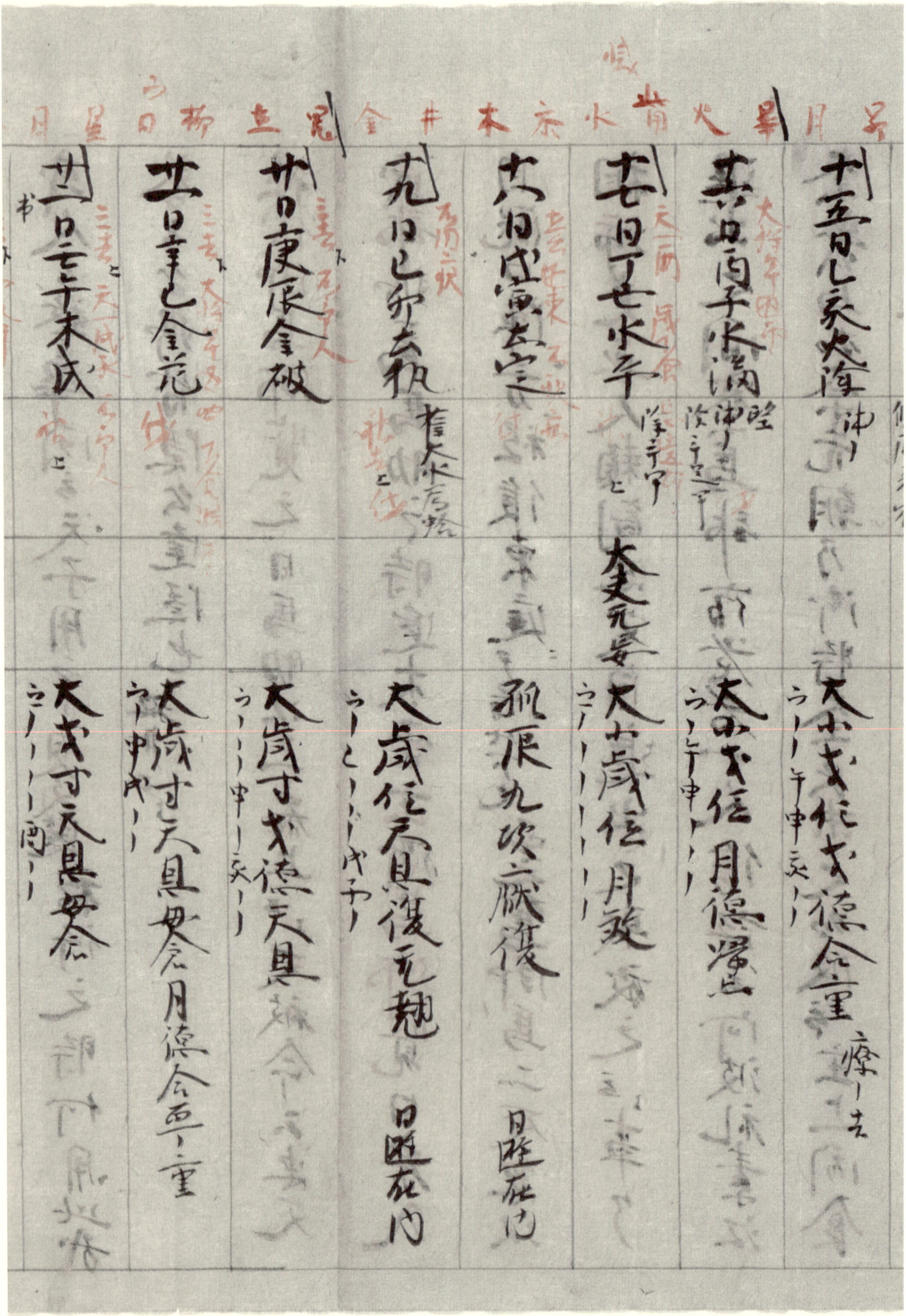
十五日乙亥火除
十六日丙子水満
十七日丁丑水平
十八日戊寅土定
十九日己卯土執
廿日庚辰金破
廿一日辛巳金危
廿二日壬午木成

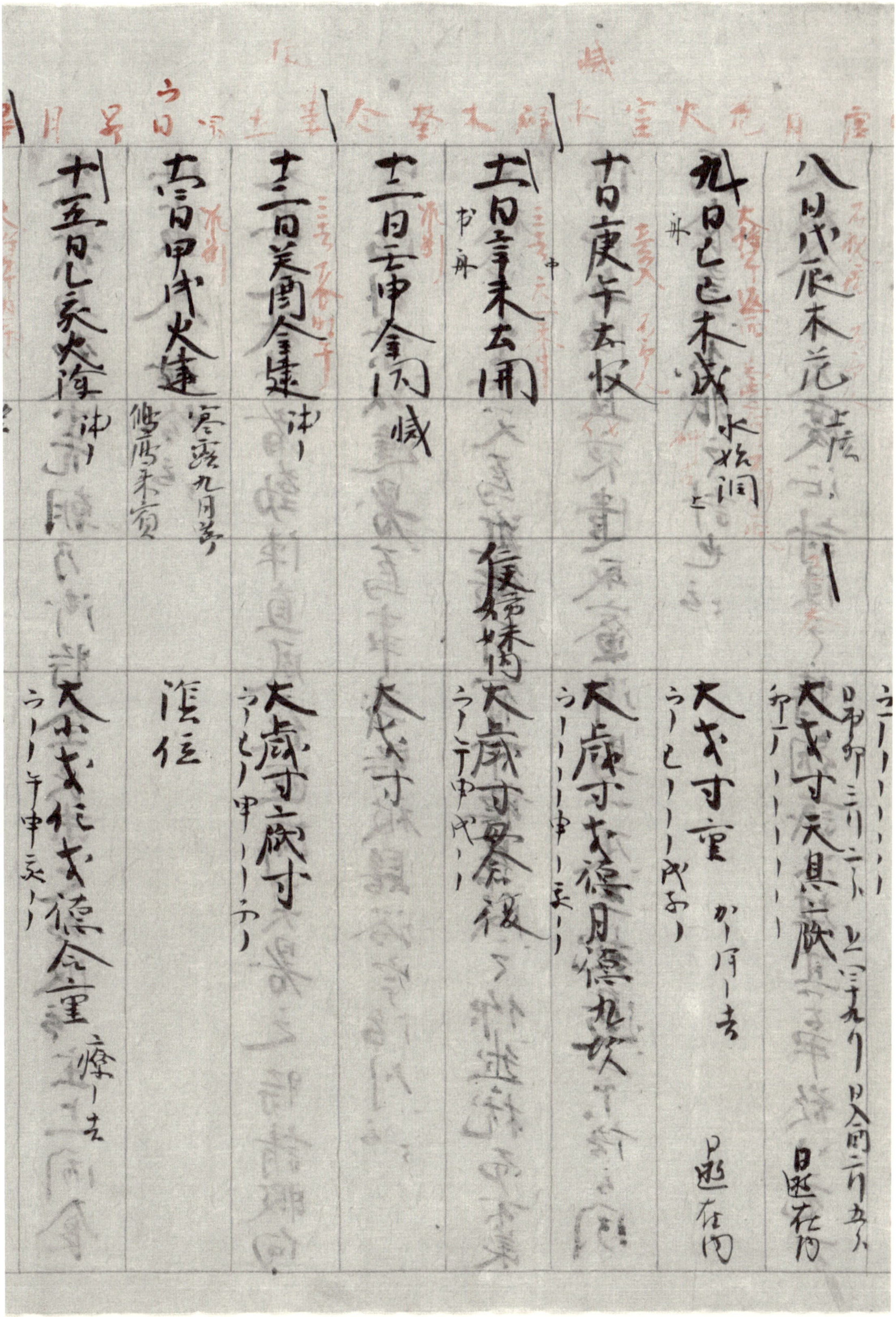

八日戊辰木危
九日己巳木成
十日庚午土収
十一日辛未土開
十二日壬申金閉
十三日癸酉金建
十四日甲戌火除
寒露九月節
十五日乙亥火満

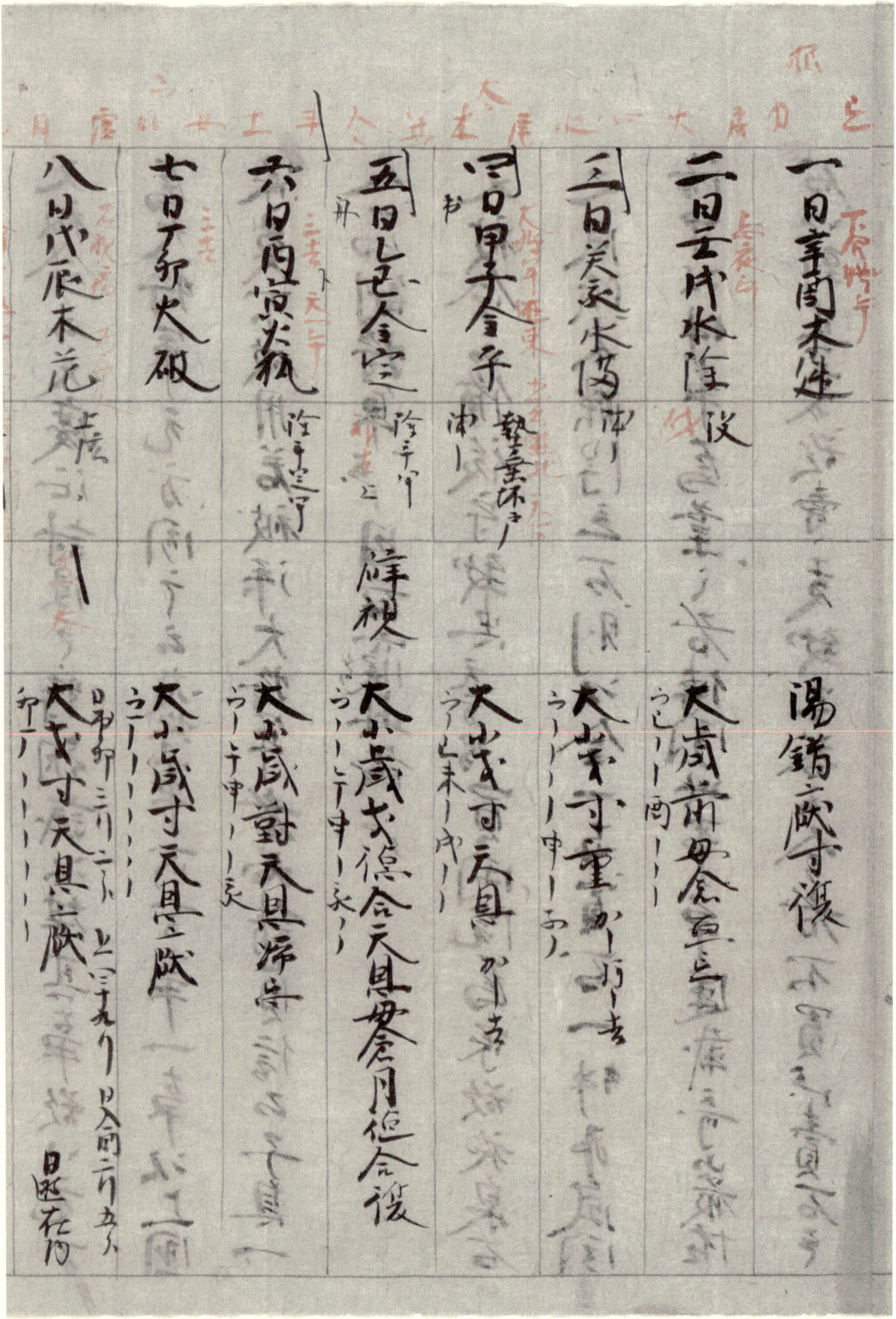

一日辛酉木建
二日壬戌水除
三日癸亥水満
四日甲子金平
五日乙丑金定
六日丙寅火執
七日丁卯火破
八日戊辰木危

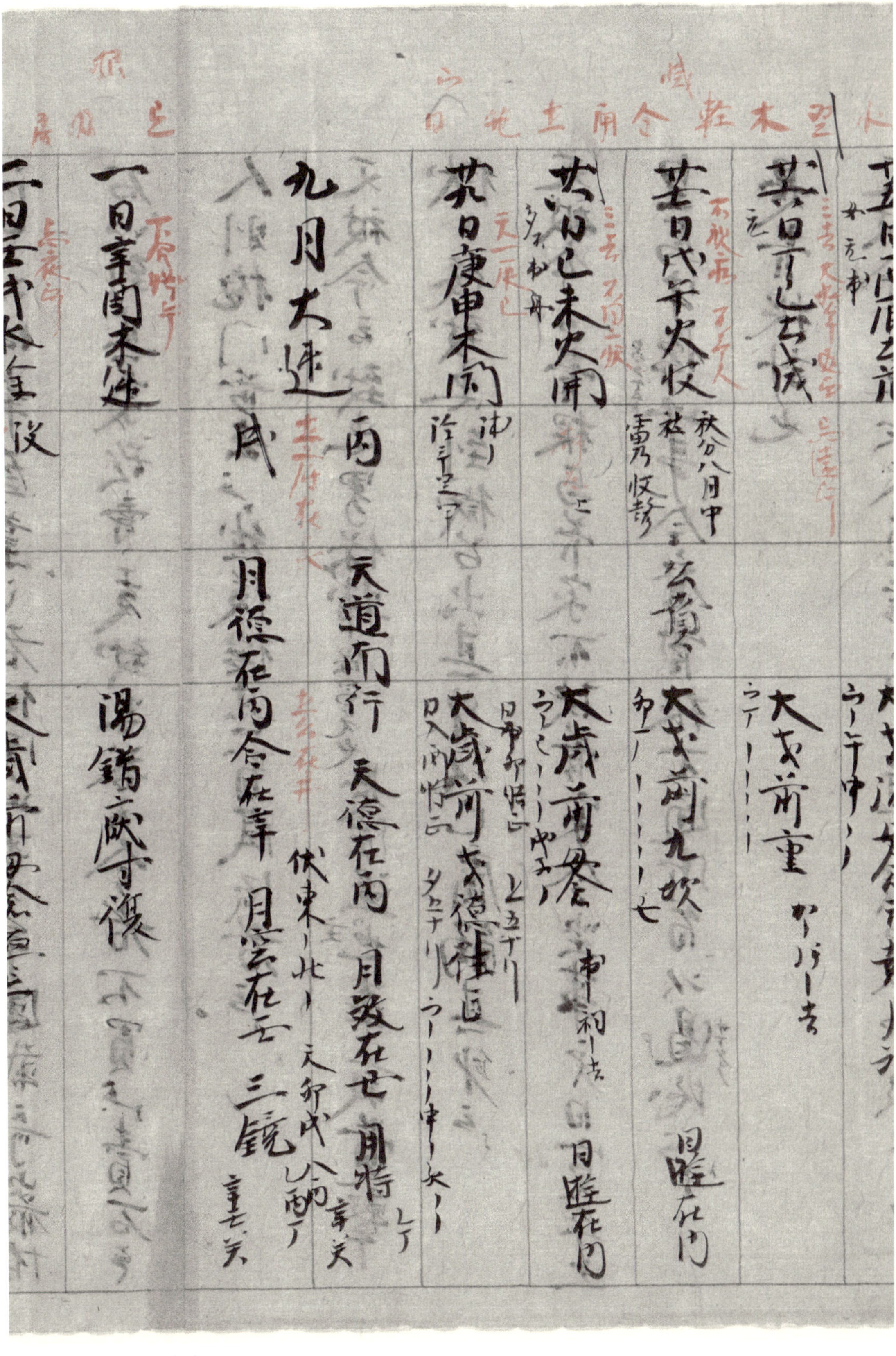
廿五日丙辰土危
廿六日丁巳土成　大歳前重
廿七日戊午火収　秋分八月中　社　雷乃収声　大歳前九坎　日遊在内
廿八日己未火開　大歳前癸　日遊在内
廿九日庚申木閉　大歳前大徳往亡
九月大建戌　天道南行　天徳在丙　月殺在丑　月将
月徳在丙合在辛　月空在壬　三鏡
一日辛酉木建　湯鑊　復
二日壬戌水除

廿日庚戌金除　大歳前黒天恩母倉月徳

廿一日辛亥金満　大歳前天恩重復

廿二日壬子木平　也　大歳後天恩

廿三日癸丑木定　伏龍在西隅百日　大歳後天恩母倉

廿四日甲寅水執　大歳後帰忌

廿五日乙卯水破　陰錯復厭

廿六日丙辰土危　大歳後母倉天恩月殺

廿七日丁巳土成　大歳前重

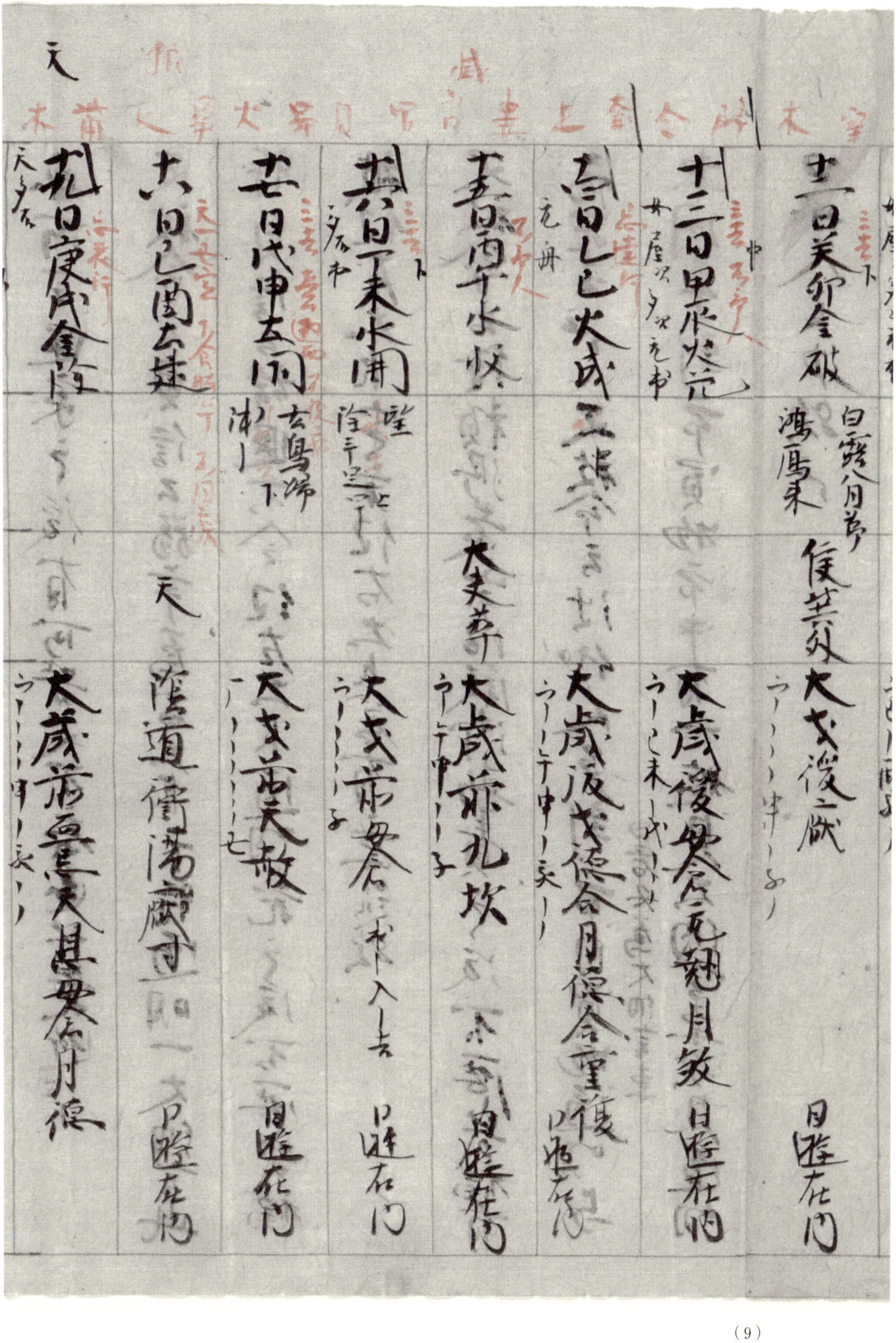
廿二日癸卯金破
白露八月節
鴻鴈来
日遊在内
廿三日甲辰火危
日遊在内
廿四日乙巳火成
日遊在内
廿五日丙午水收
日遊在内
廿六日丁未水開
日遊在内
廿七日戊申土閉
玄鳥帰
日遊在内
廿八日己酉土建
日遊在内
廿九日庚戌金除

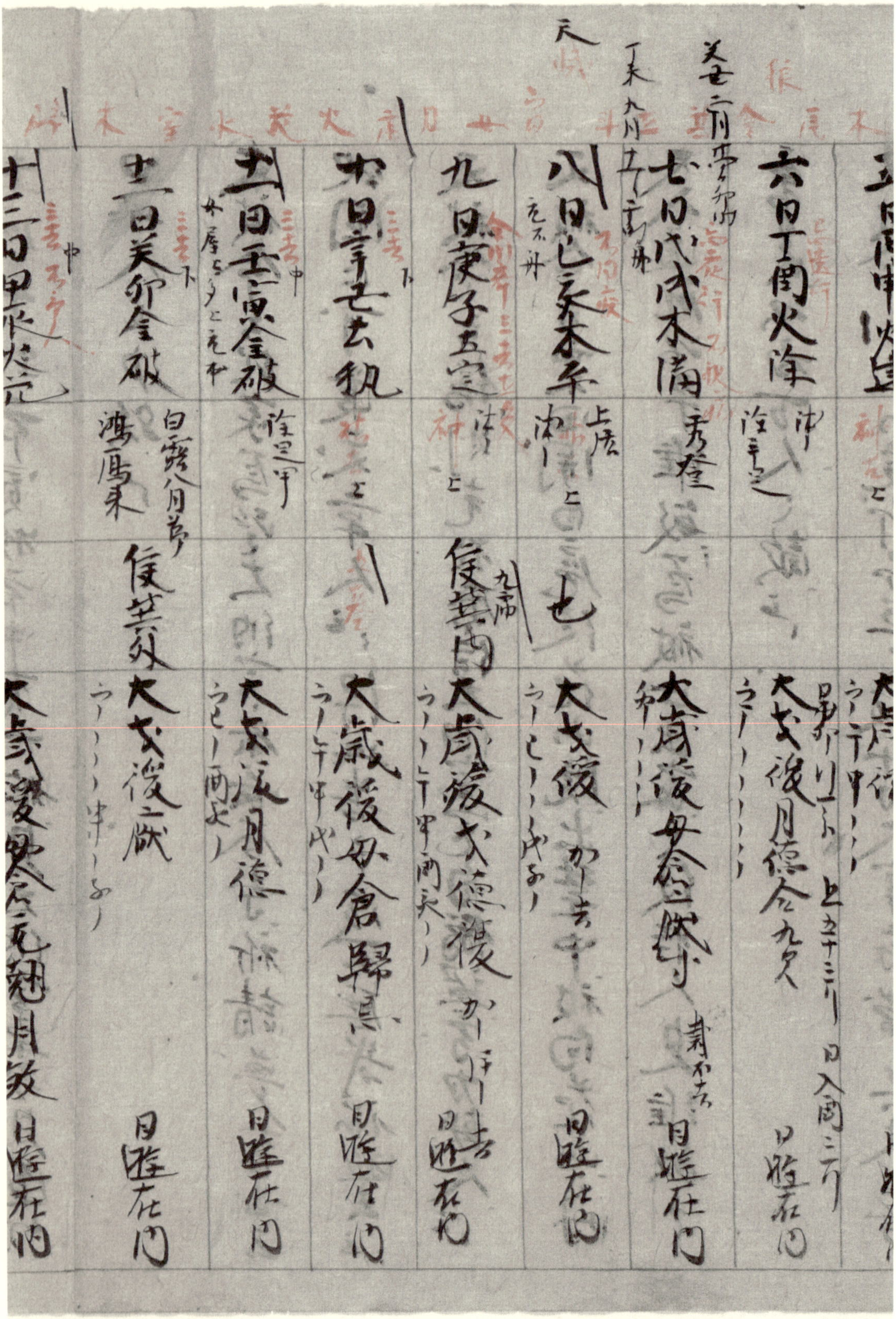

(9)

八月小建酉

一日壬辰水成　大歳後

二日癸巳水収　大歳後　日遊在内

三日甲午金開　大歳後　日遊在内

四日乙未金閉　大歳後　日遊在内

五日丙申火建　大歳後　日遊在内

六日丁酉火除　大歳後　月徳合　日遊在内

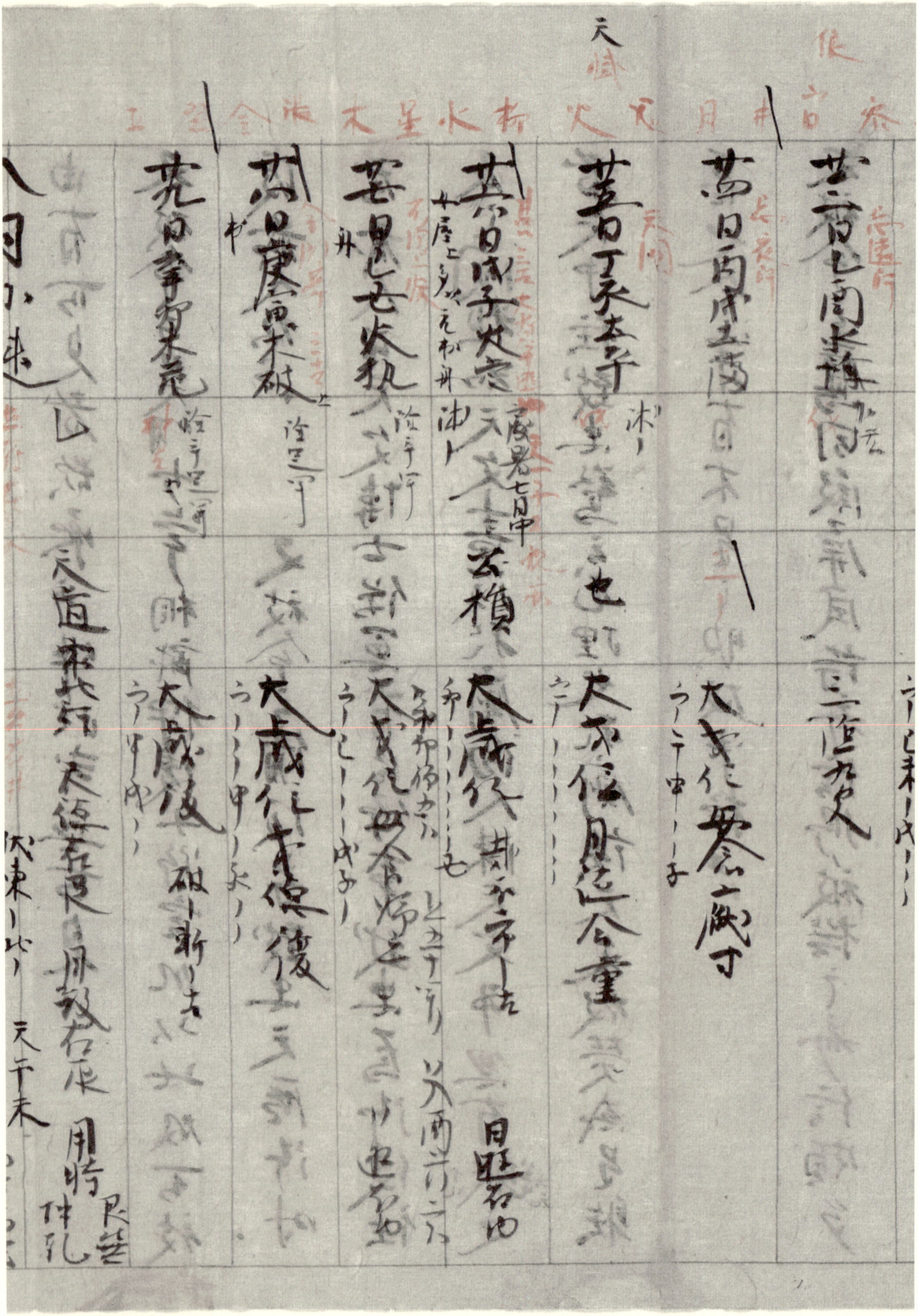

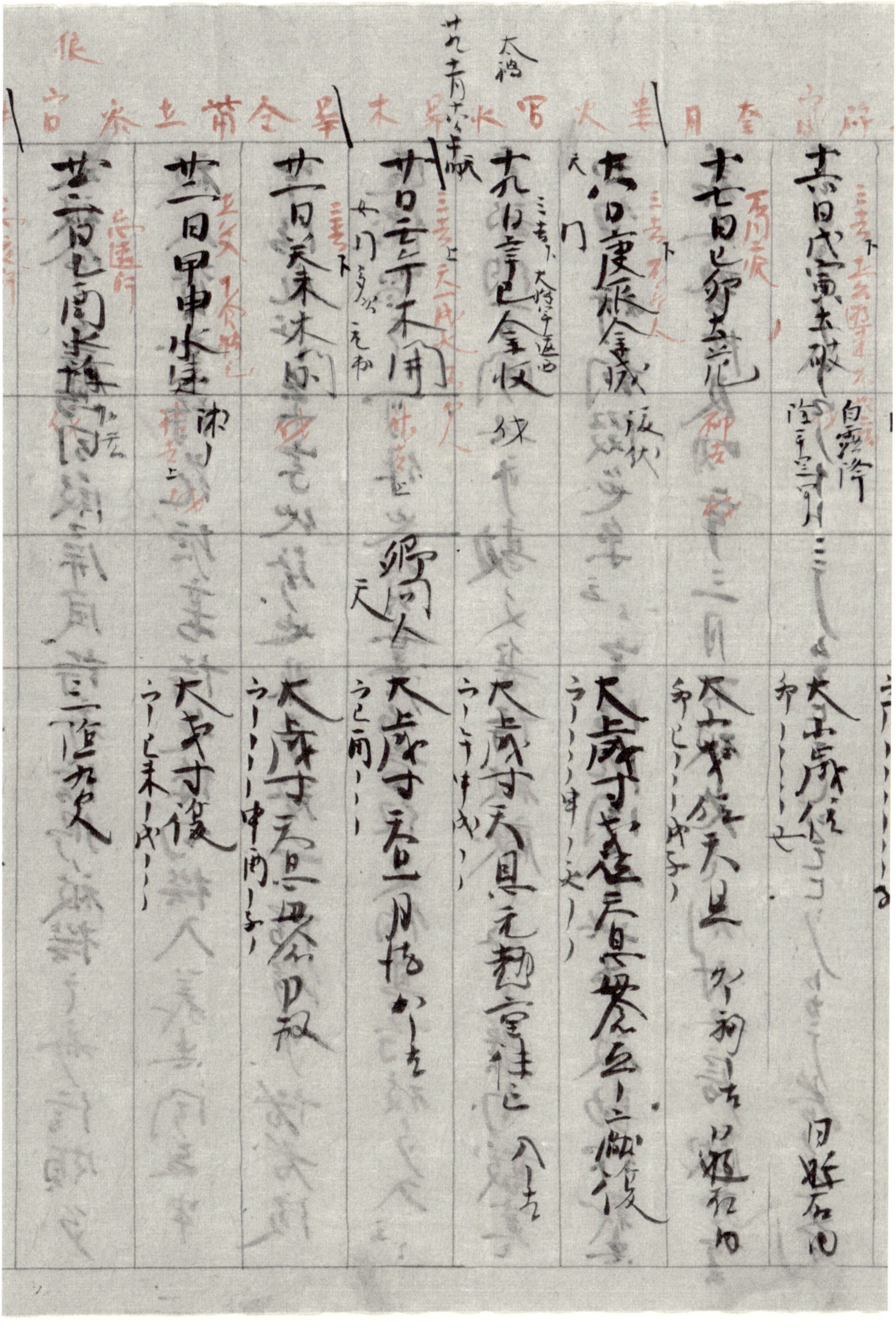
十六日戊寅土破
十七日己卯土危
十八日庚辰金成
十九日辛巳金収
廿日壬午木開
廿一日癸未木閉
廿二日甲申水建
廿三日乙酉水除

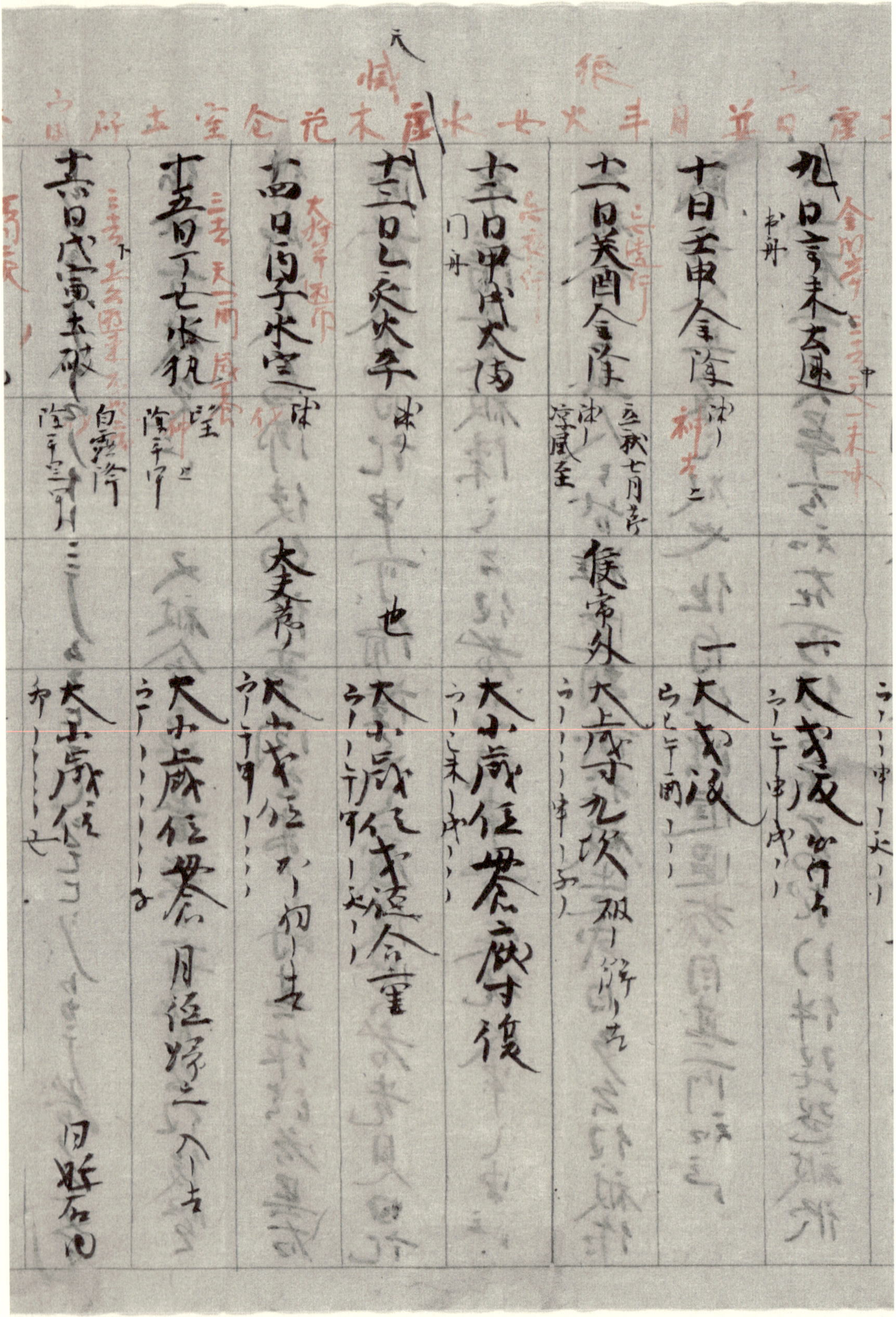
九日辛未土建
十日壬申金除
十一日癸酉金除　立秋七月節
十二日甲戌火満
十三日乙亥火平
十四日丙子水定
十五日丁丑水執
十六日戊寅土破

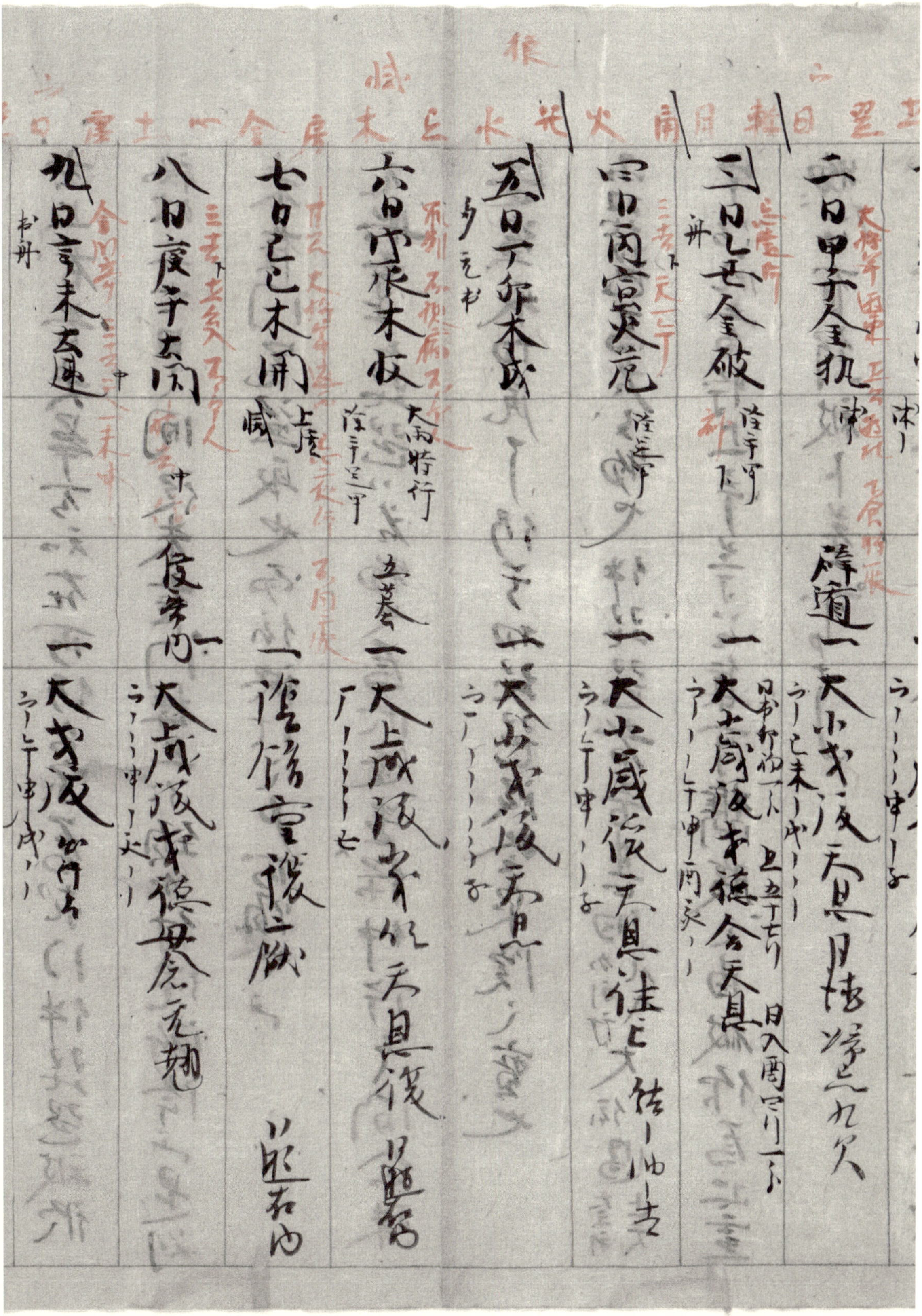

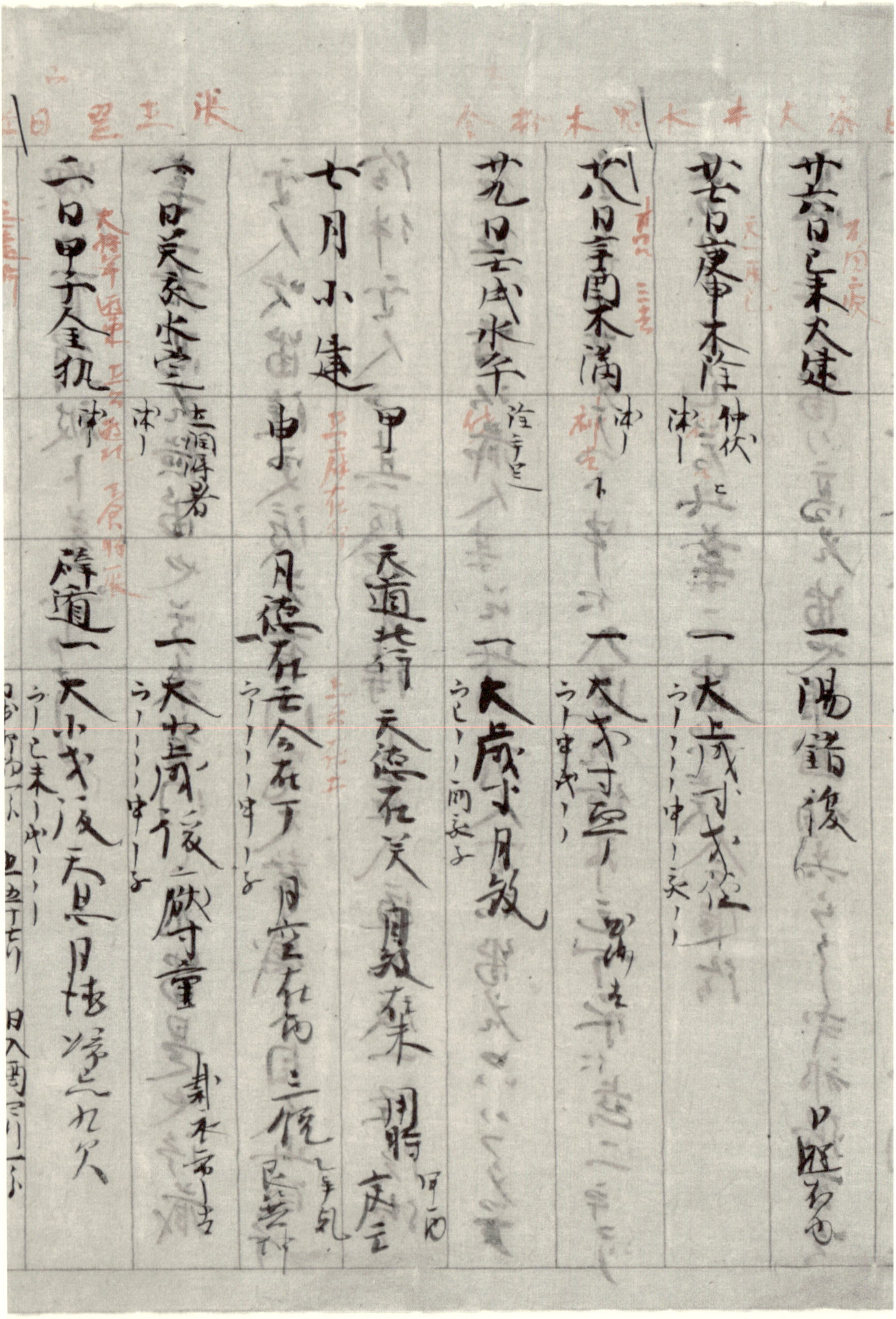

廿六日己未火建　一陽錯後
廿七日庚申木除　沐浴　伸伏　一　大歳対
廿八日辛酉木満　沐浴　一　大歳前
廿九日壬戌水平　一　大歳対　月殺
七月小建　甲申　天道北行　天徳在癸　月徳在壬　合在丁　月空在丙
一日癸亥水定　沐浴　一　大歳後
二日甲子金執　沐浴　薄道　一　大小歳後　天恩

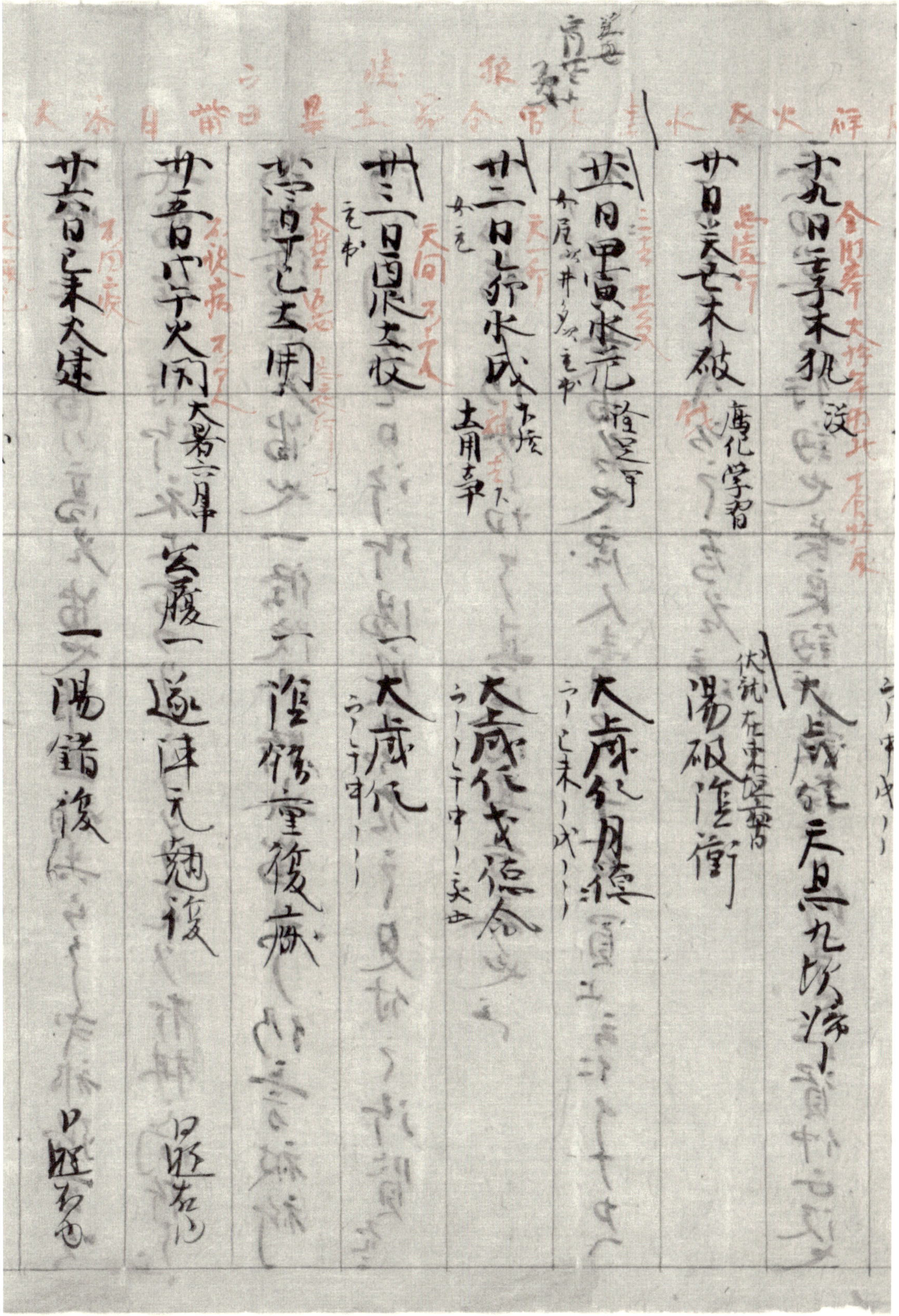

十九日壬子木執
廿日癸丑木破
廿一日甲寅水危
廿二日乙卯水成
廿三日丙辰土收
廿四日丁巳土開
廿五日戊午火閉
廿六日己未火建

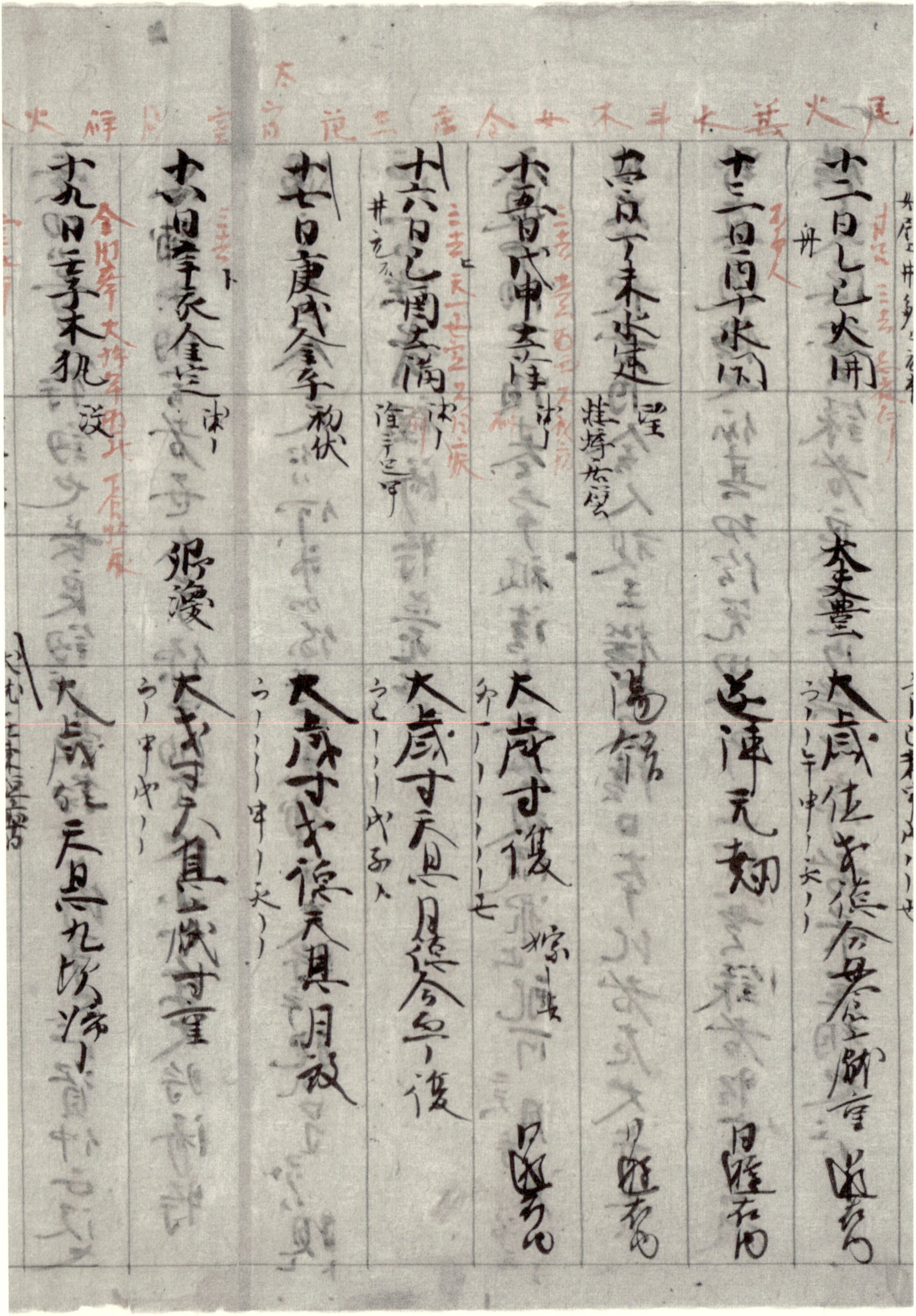

十二日乙巳火開
十三日丙午水閉
十四日丁未水建
十五日戊申土除
十六日己酉土満
十七日庚戌金平　初伏
十八日辛亥金定
十九日壬子木執　没

(12)

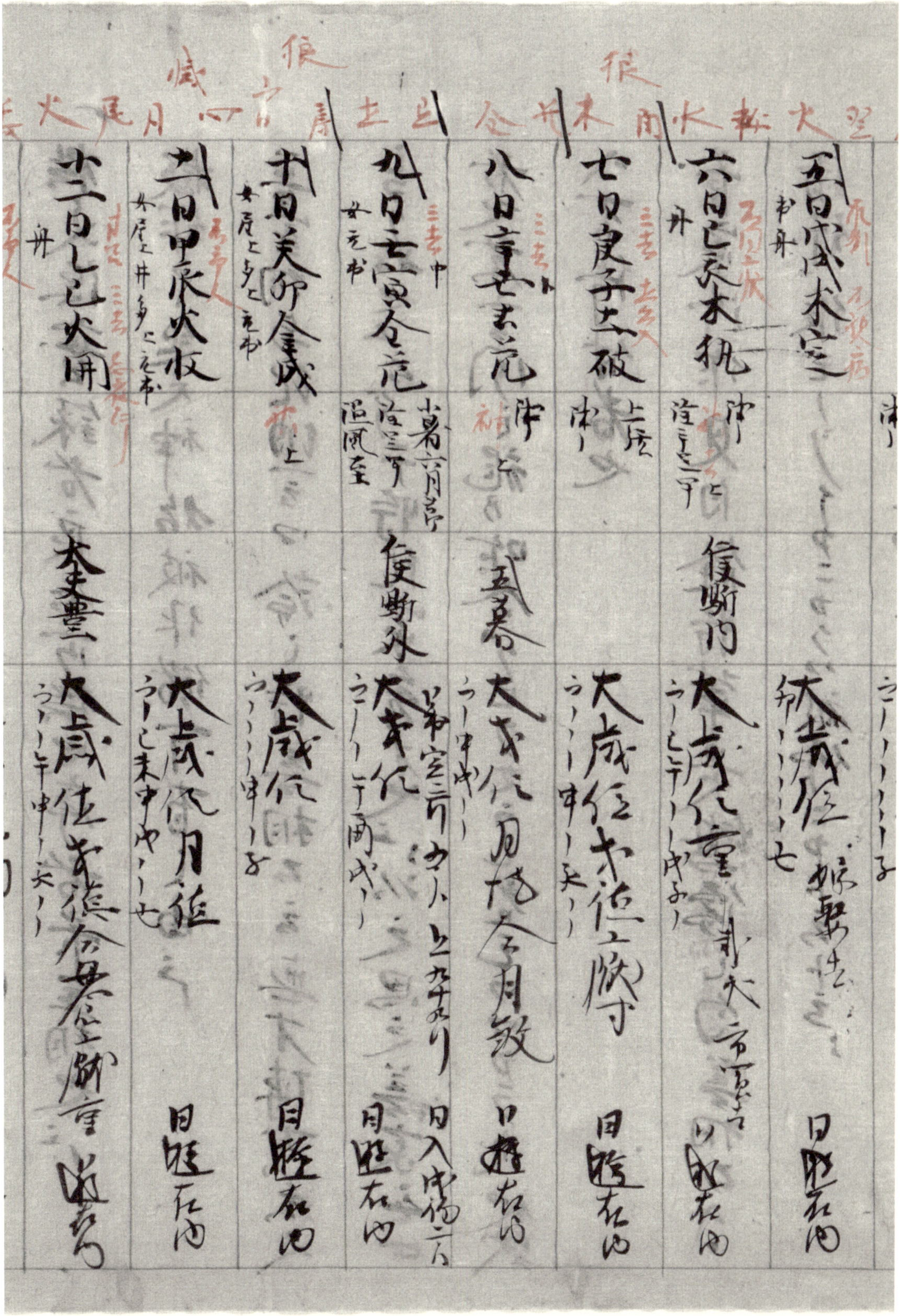

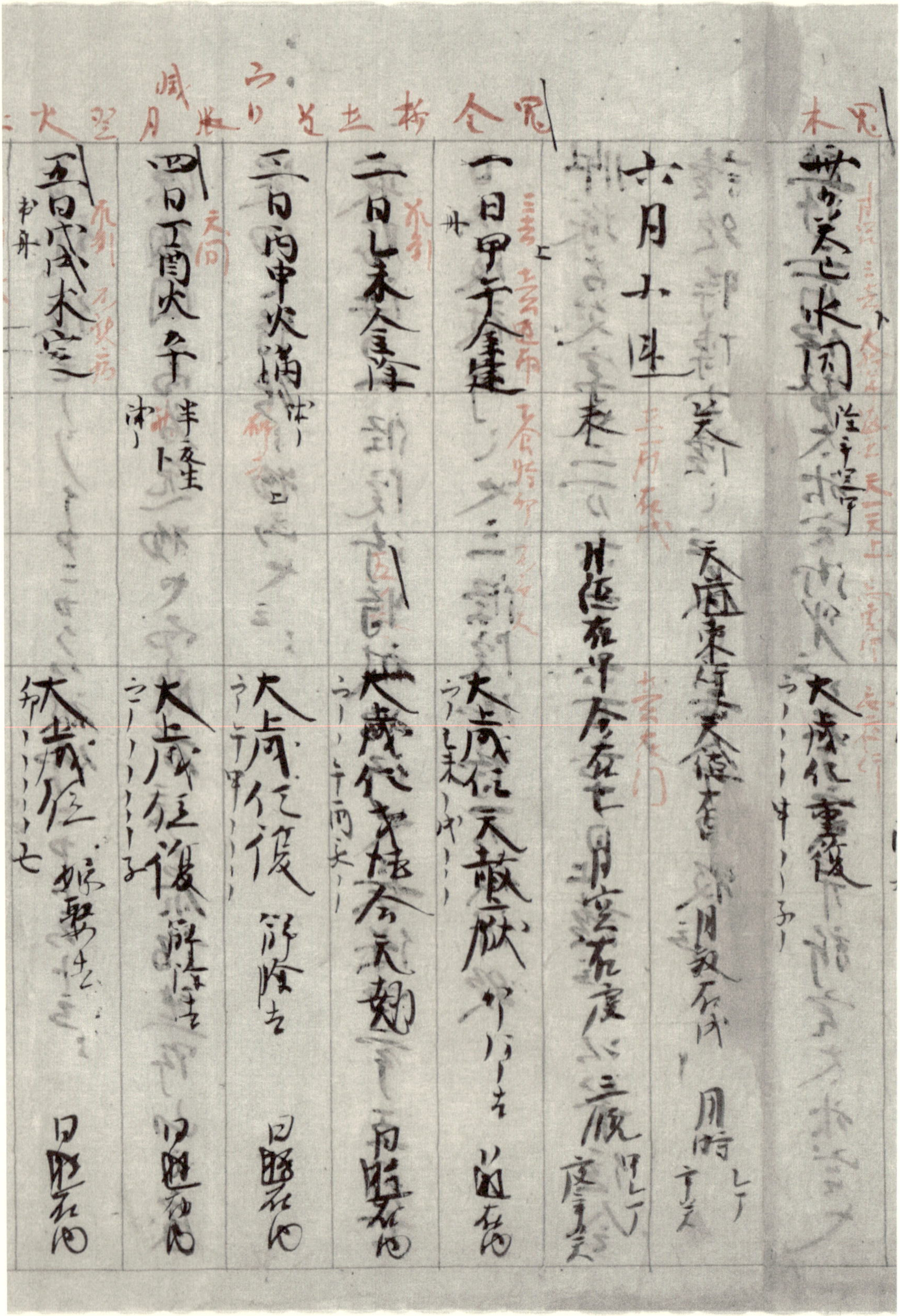

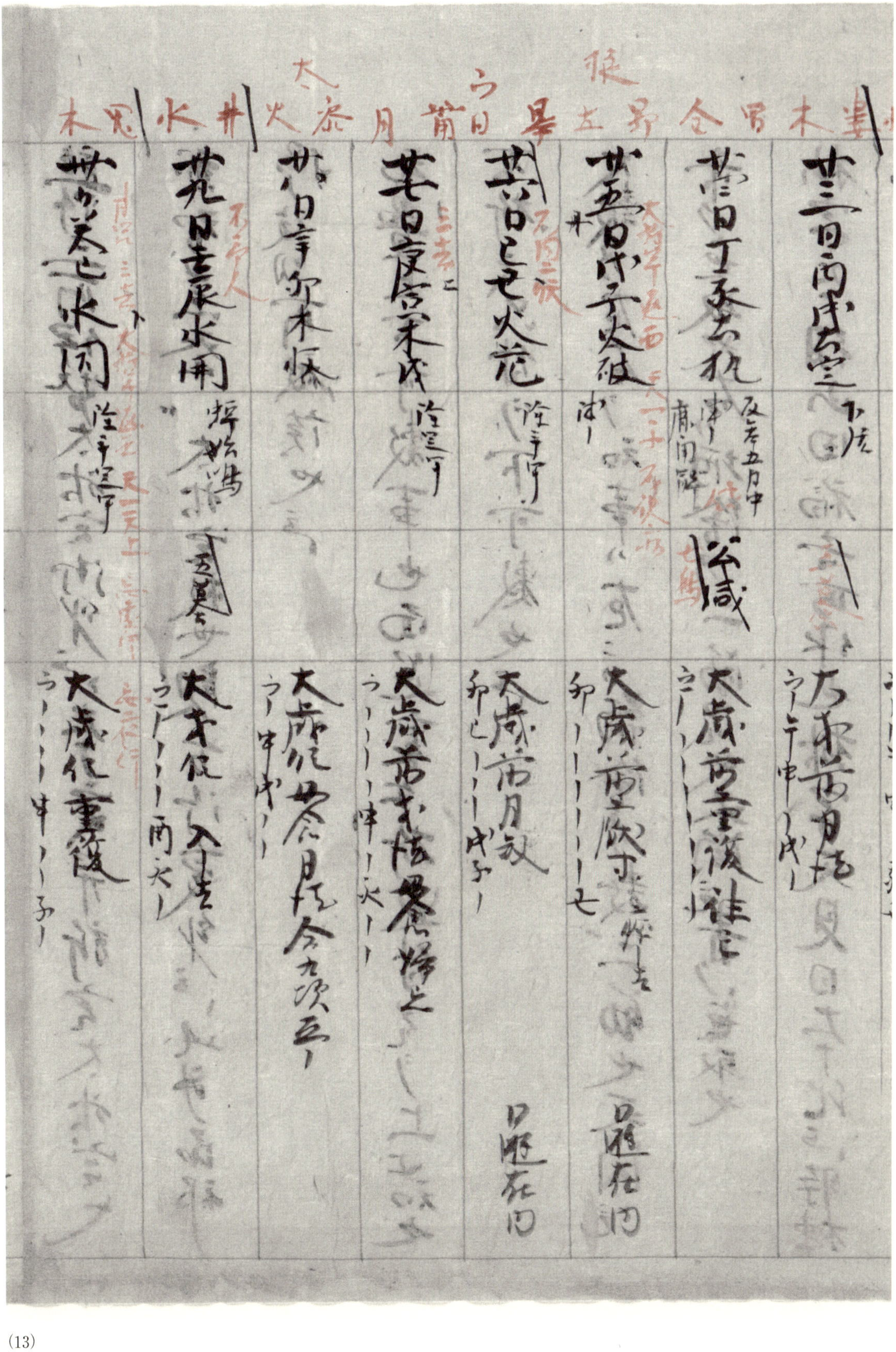
婁　木　胃　金　昴　土　畢　日　觜　月　参　火　井　水　鬼　木

廿三日丙戌土定　下弦

廿四日丁亥土執　五月中

廿五日戊子火破

廿六日己丑火危　除手足甲　大歳前月殺　日遊在内

廿七日庚寅木成　除足甲

廿八日辛卯木収

廿九日壬辰水開　五墓

卅日癸巳水閉　除手足甲　大歳位重復

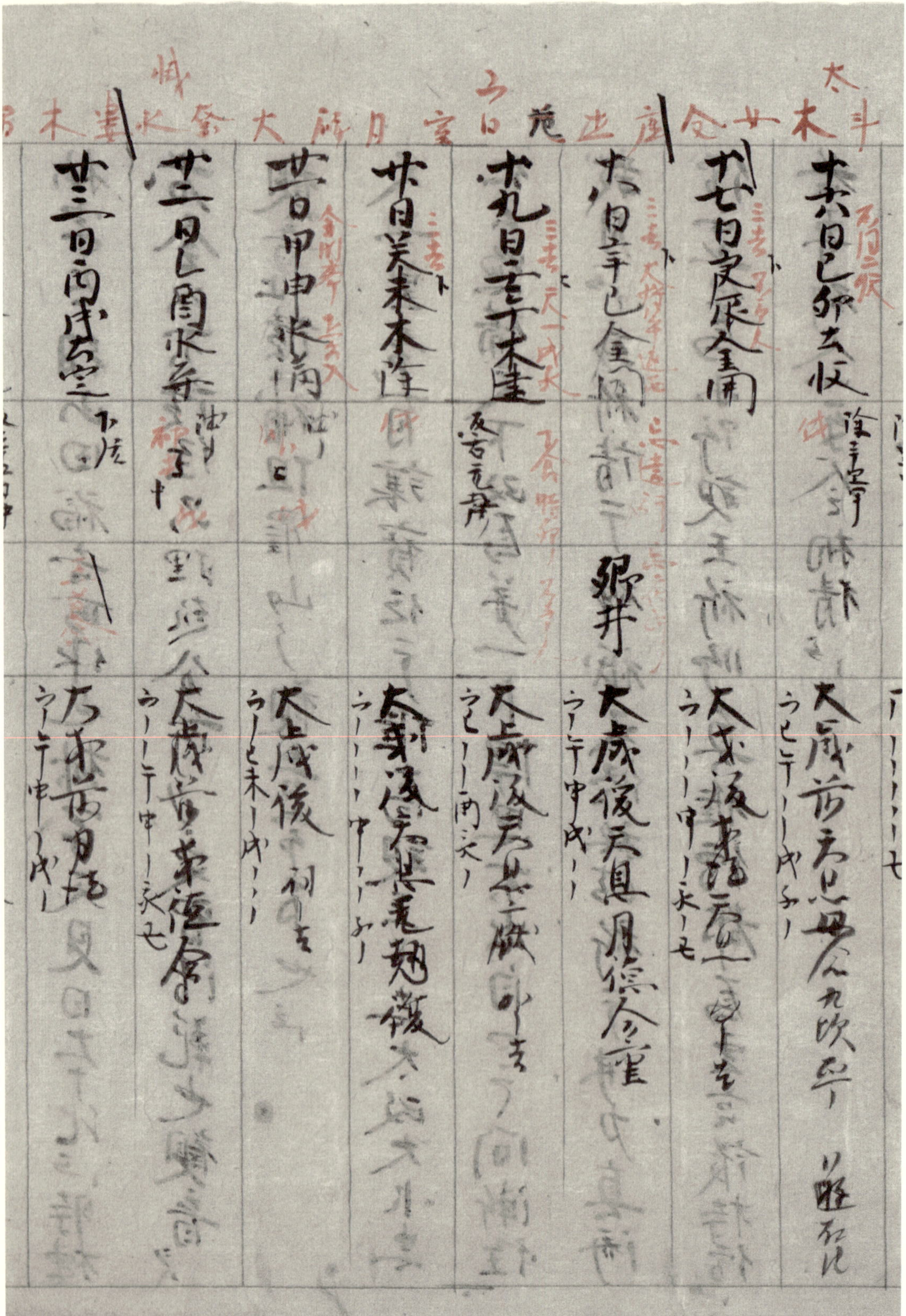
十六日己卯土收
十七日庚辰金開
十八日辛巳金閉
十九日壬午木建
廿日癸未木除
廿一日甲申水満
廿二日乙酉水平
廿三日丙戌土定

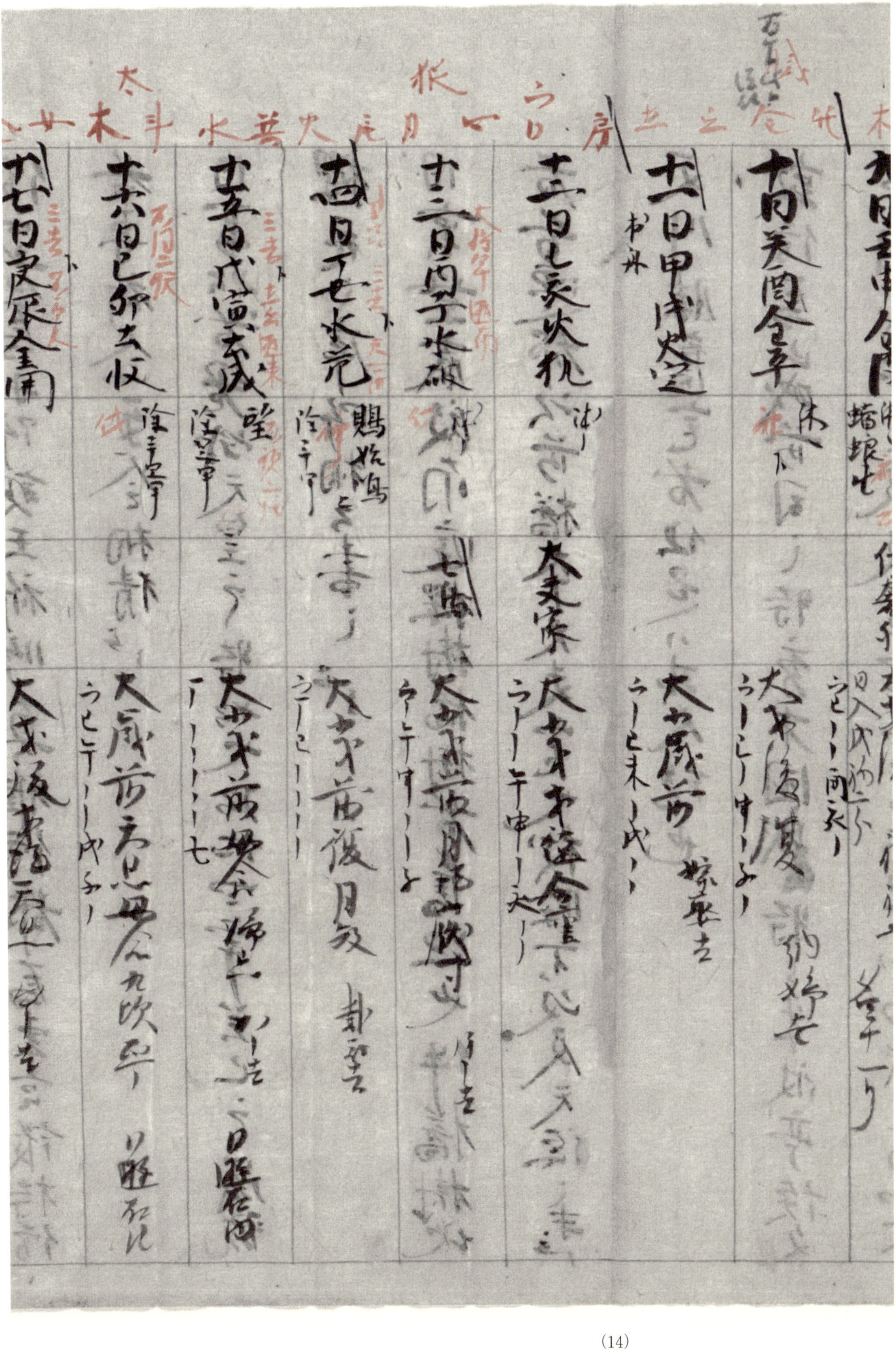
九日壬申金
十日癸酉金平
十一日甲戌火定
十二日乙亥火執
十三日丙子水破
十四日丁丑水危
十五日戊寅土成
十六日己卯土収
十七日庚辰金開

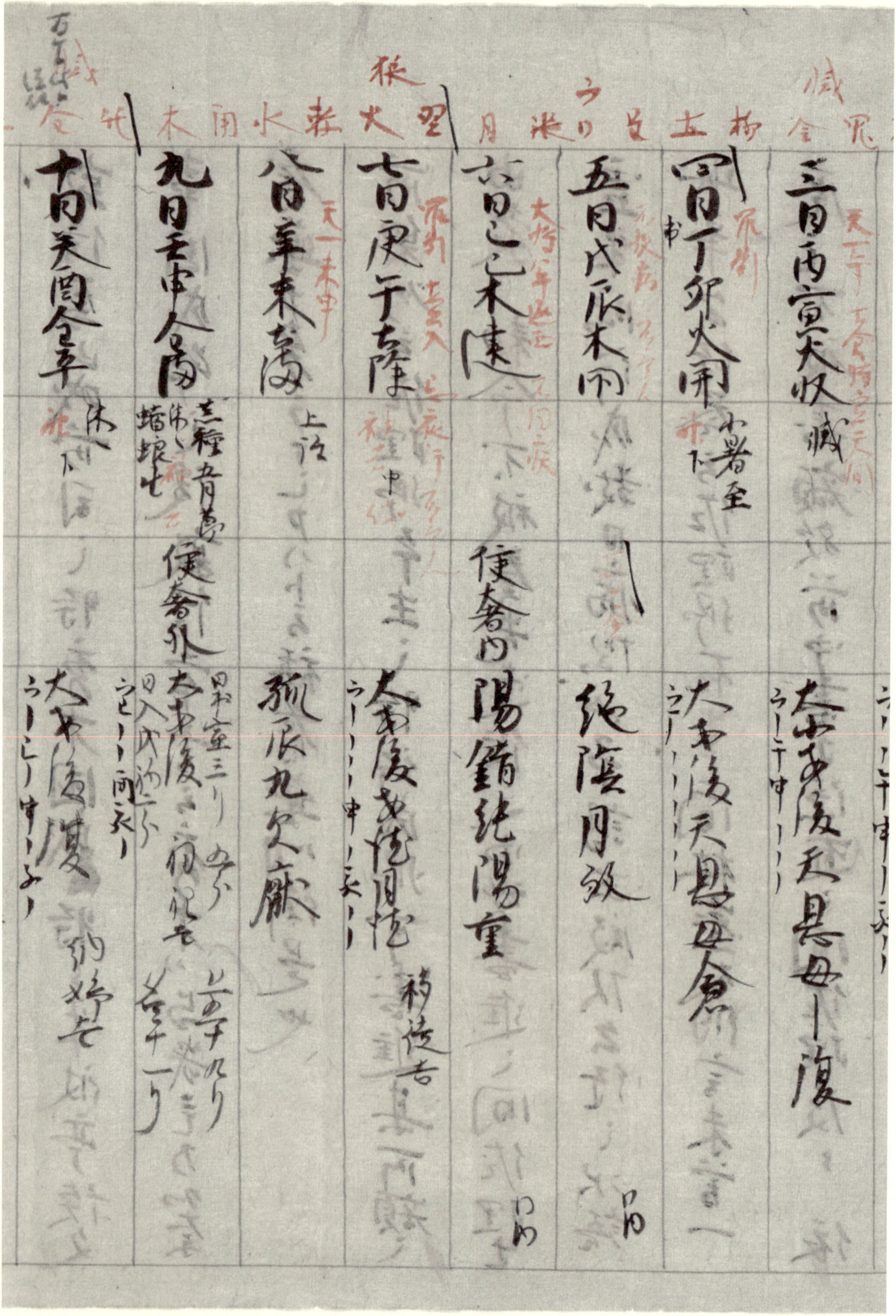
三日丙寅火收
四日丁卯火閉
小暑至
五日戊辰木閉
六日己巳木建
七日庚午土除
八日辛未土滿
上弦
九日壬申金平
十日癸酉金定
絶陰月殺
孤辰九坎厭
陽錯純陽重

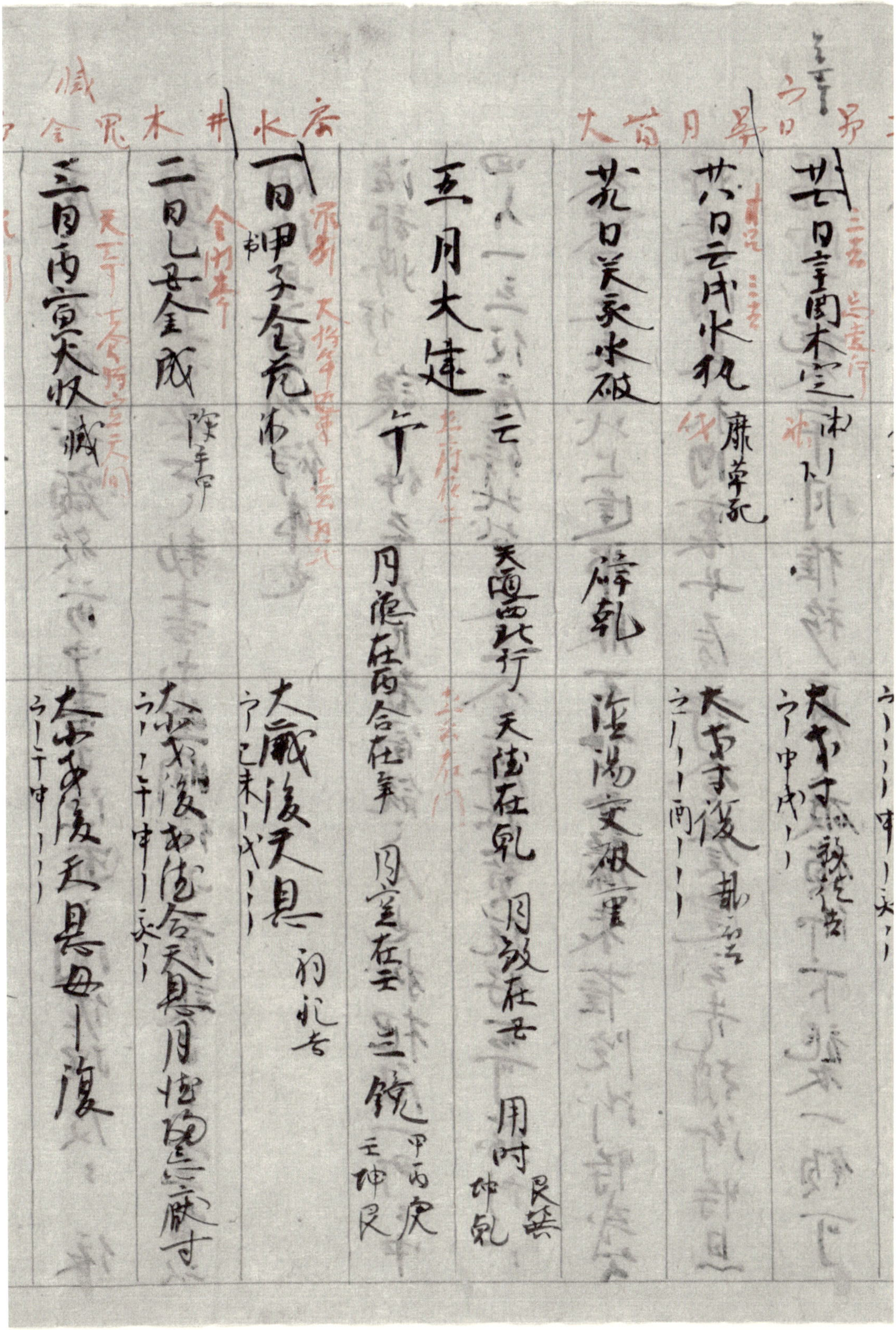
廿七日辛酉木定
廿八日壬戌水執
廿九日癸亥水破
五月大建壬午
一日甲子金危
二日乙丑金成
三日丙寅火収

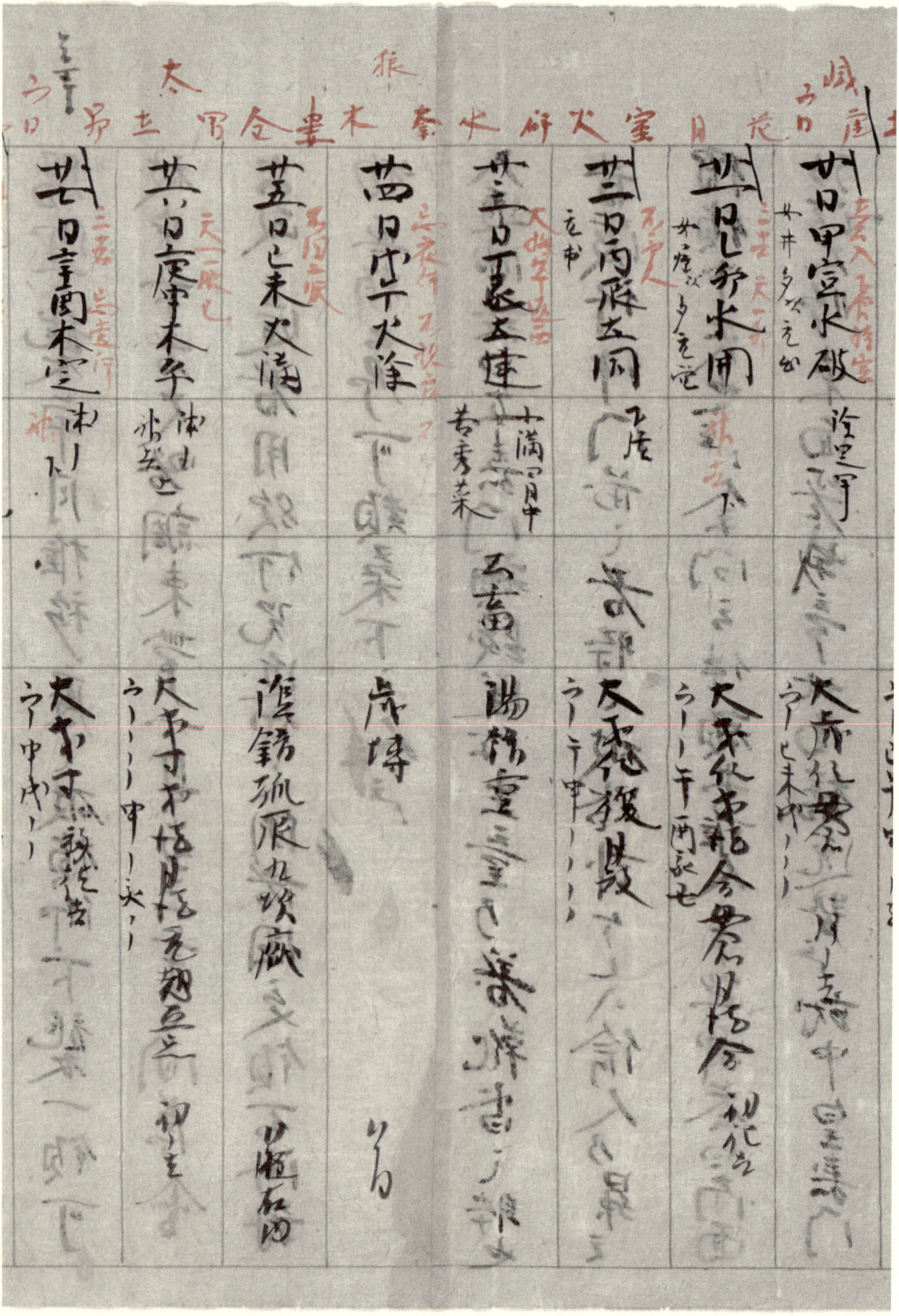

廿日甲申水破
廿一日乙酉水開
廿二日丙戌土閉
廿三日丁亥土建
廿四日戊子火除
廿五日己丑火満
廿六日庚寅木平
廿七日辛卯木定

(15)

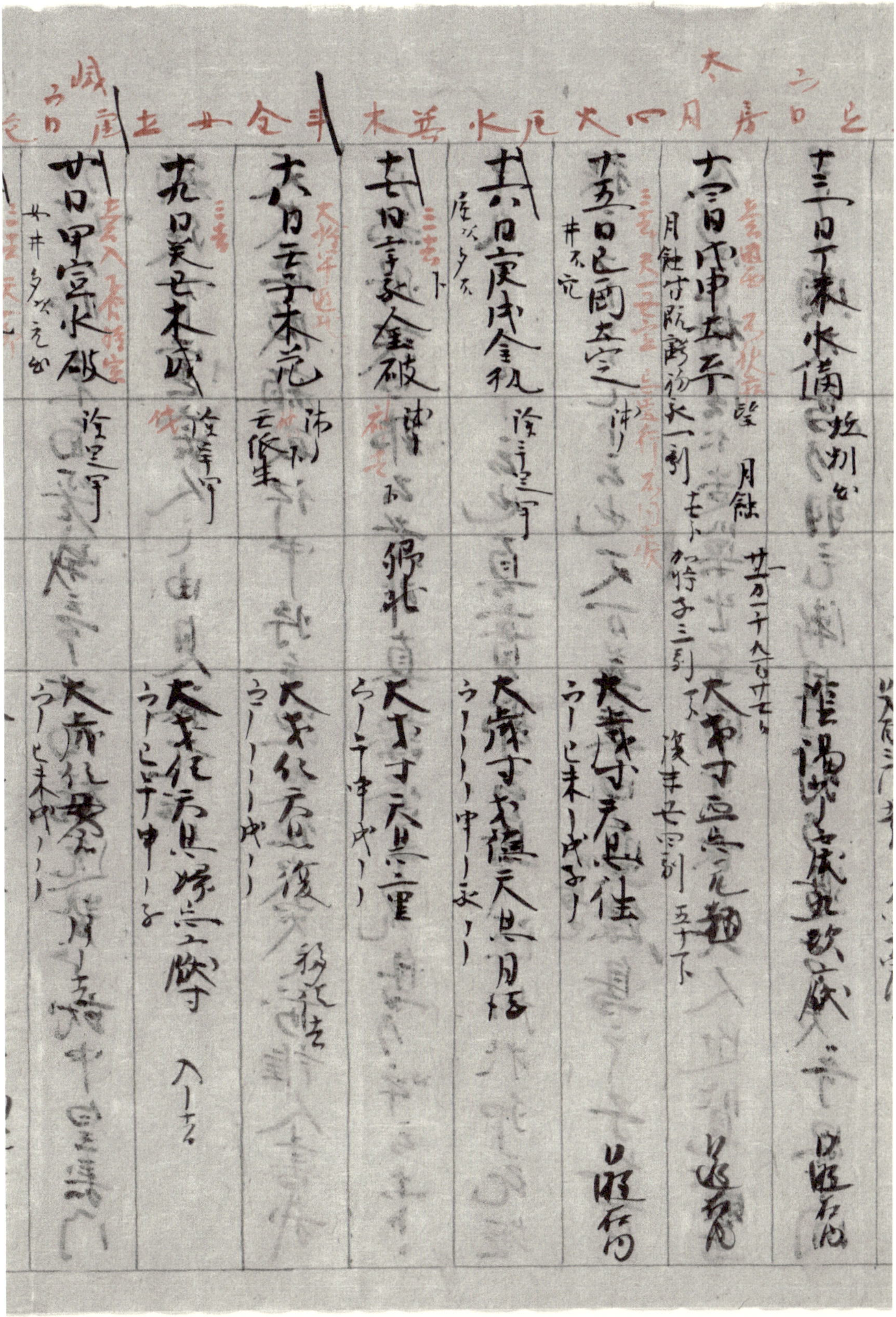

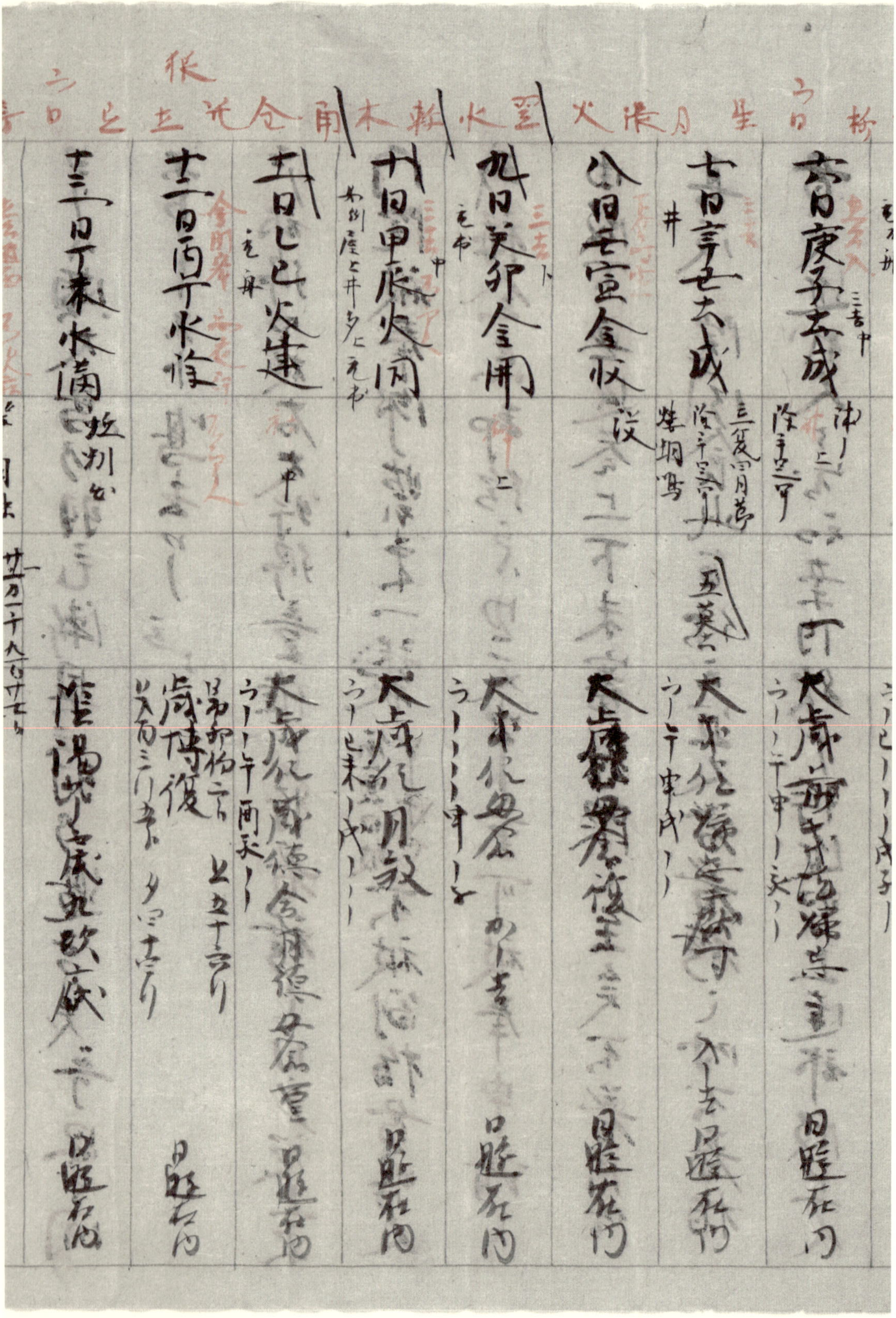

六日庚子土成　日遊在内

七日辛丑土成　日遊在内

八日壬寅金収　日遊在内

九日癸卯金開　日遊在内

十日甲辰火閉　日遊在内

十一日乙巳火建　日遊在内

十二日丙午水除　日遊在内

十三日丁未水満　日遊在内

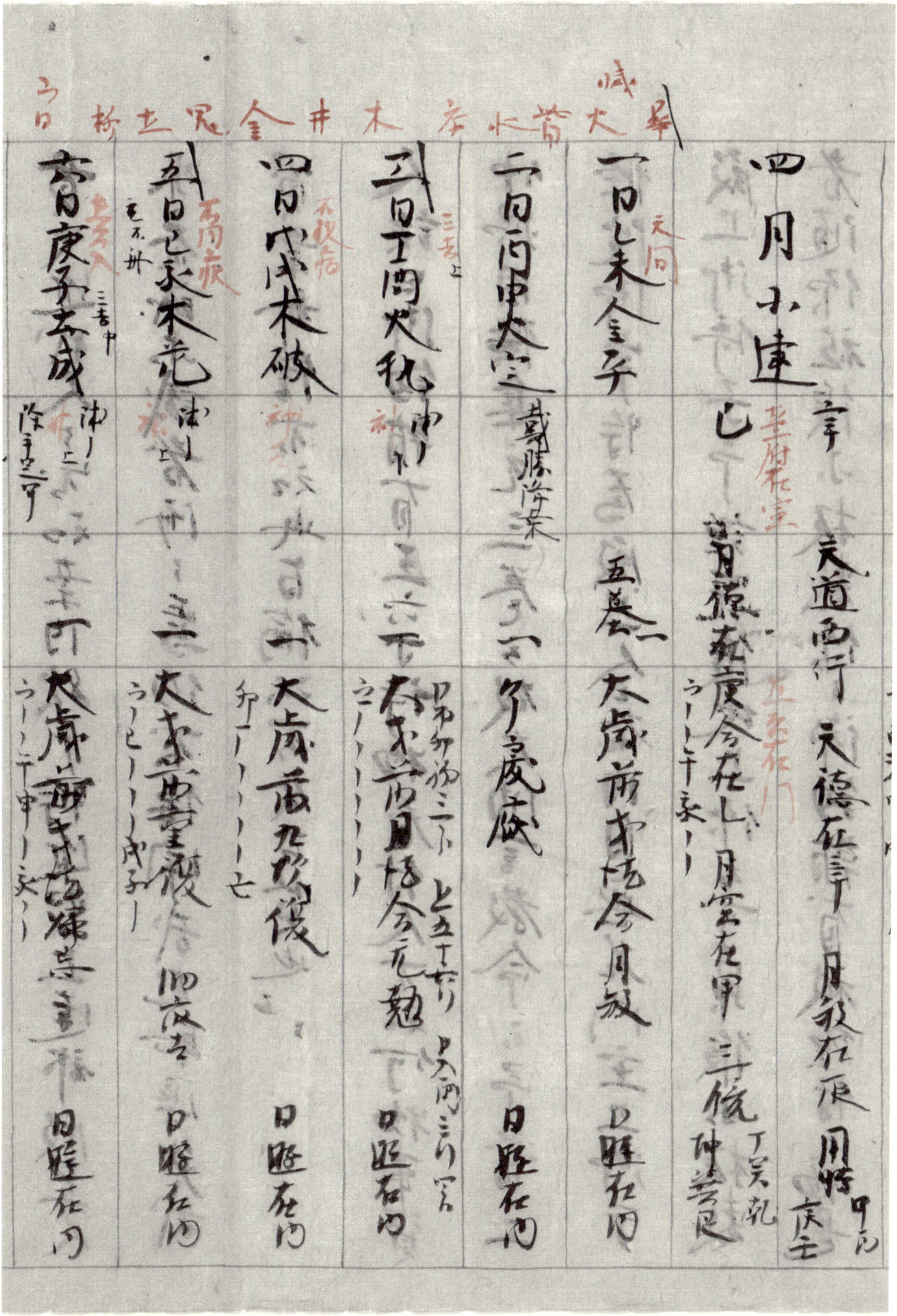
四月小建
天道西行　天德在辛　月殺在辰
月德在庚合在乙　月空在甲　三鏡
一日乙未金平
五墓　太歳前　日遊在内
二日丙申火定
三日丁酉火執
四日戊戌木破
五日己亥木危
六日庚子土成

廿三日戊子火成　沖ノ　一　大歳対帰忌復　厭対去　遊在内

廿四日己丑火収　除手足甲　一　大歳対復　遊在内

廿五日庚寅木開　除手足甲　一　大歳対九坎厭　帰忌去

廿六日辛卯木閉　嫁娶移徙　一　大歳前往亡

廿七日壬辰水建　復　大歳前月徳　帰忌去

廿八日癸巳水除　一　大歳前母倉重　帰忌去　遊在内

廿九日甲午金満　除手足甲　一　大歳前　遊在内

四月小建　辛巳　天道西行　天徳在辛　月徳在庚　月空在丙

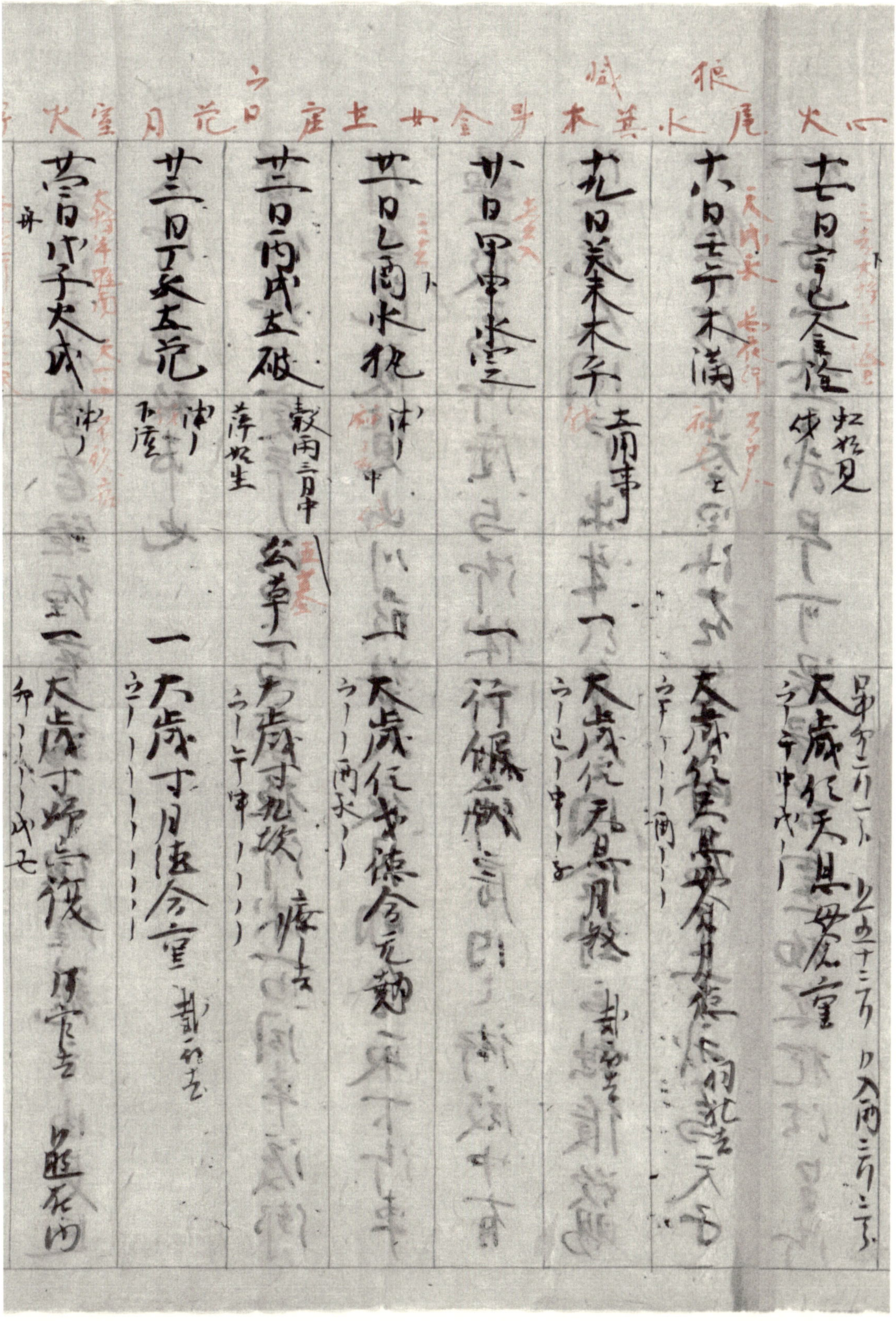
十七日辛巳金除
十八日壬午木満
十九日癸未木平
廿日甲申水定
廿一日乙酉水執
廿二日丙戌土破
廿三日丁亥土危
廿四日戊子火成

（17）

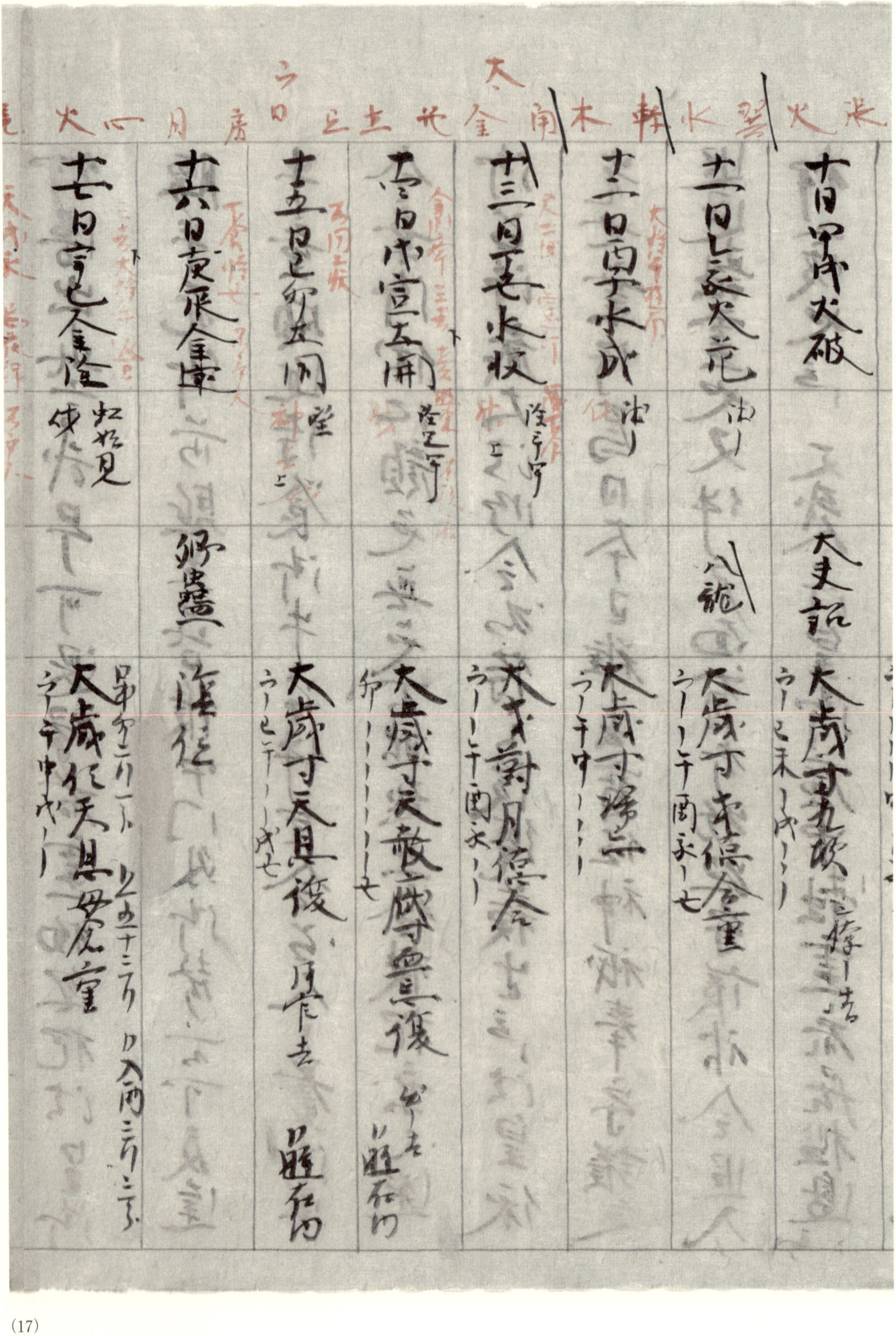
十日甲戌火破
十一日乙亥火危
十二日丙子水成
十三日丁丑水収
十四日戊寅土開
十五日己卯土閉
十六日庚辰金建
十七日辛巳金除

(17)

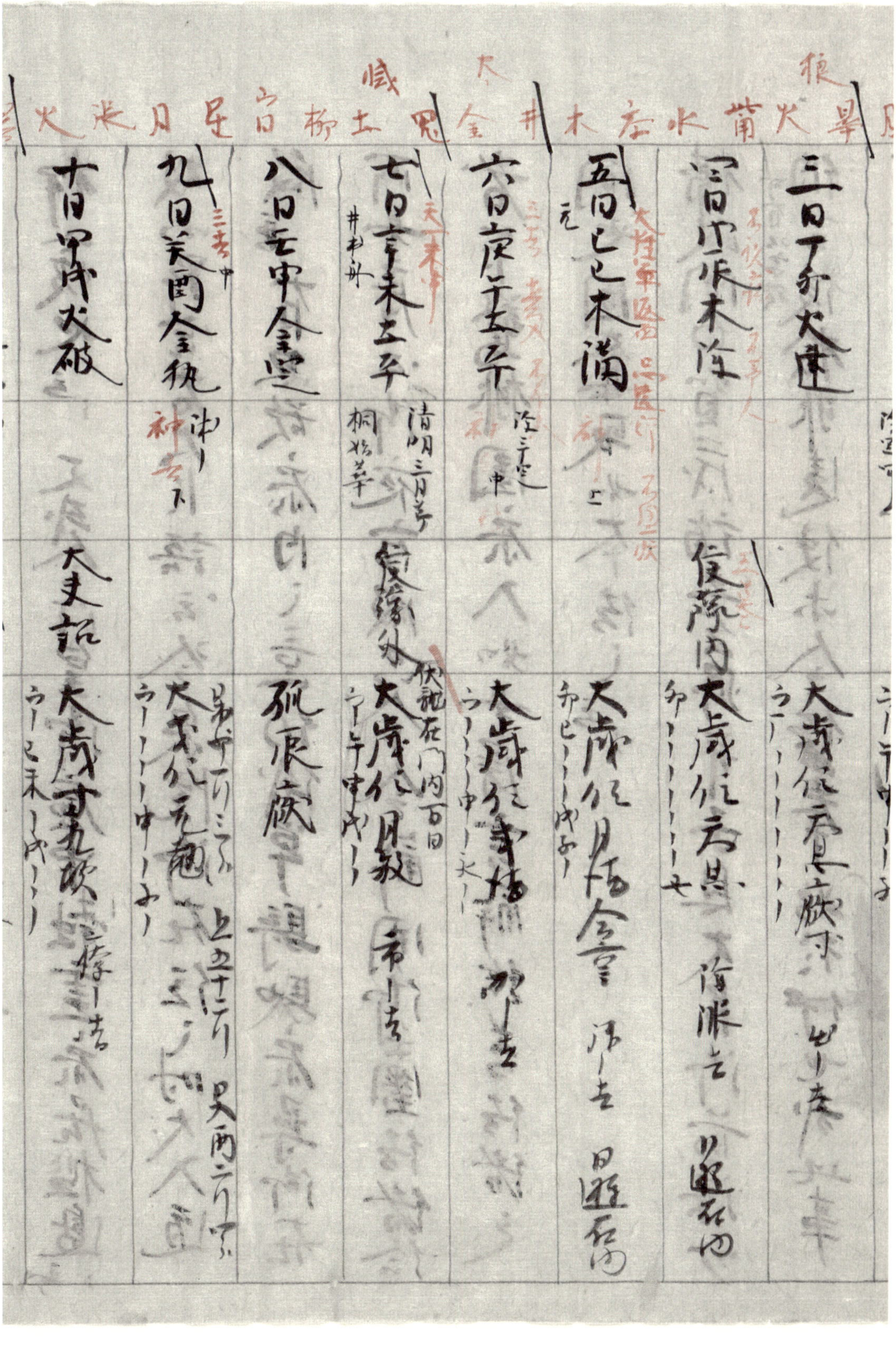
三日丁卯火建
四日戊辰木除
五日己巳木満
六日庚午土平
七日辛未土平
八日壬申金定
九日癸酉金執
十日甲戌火破

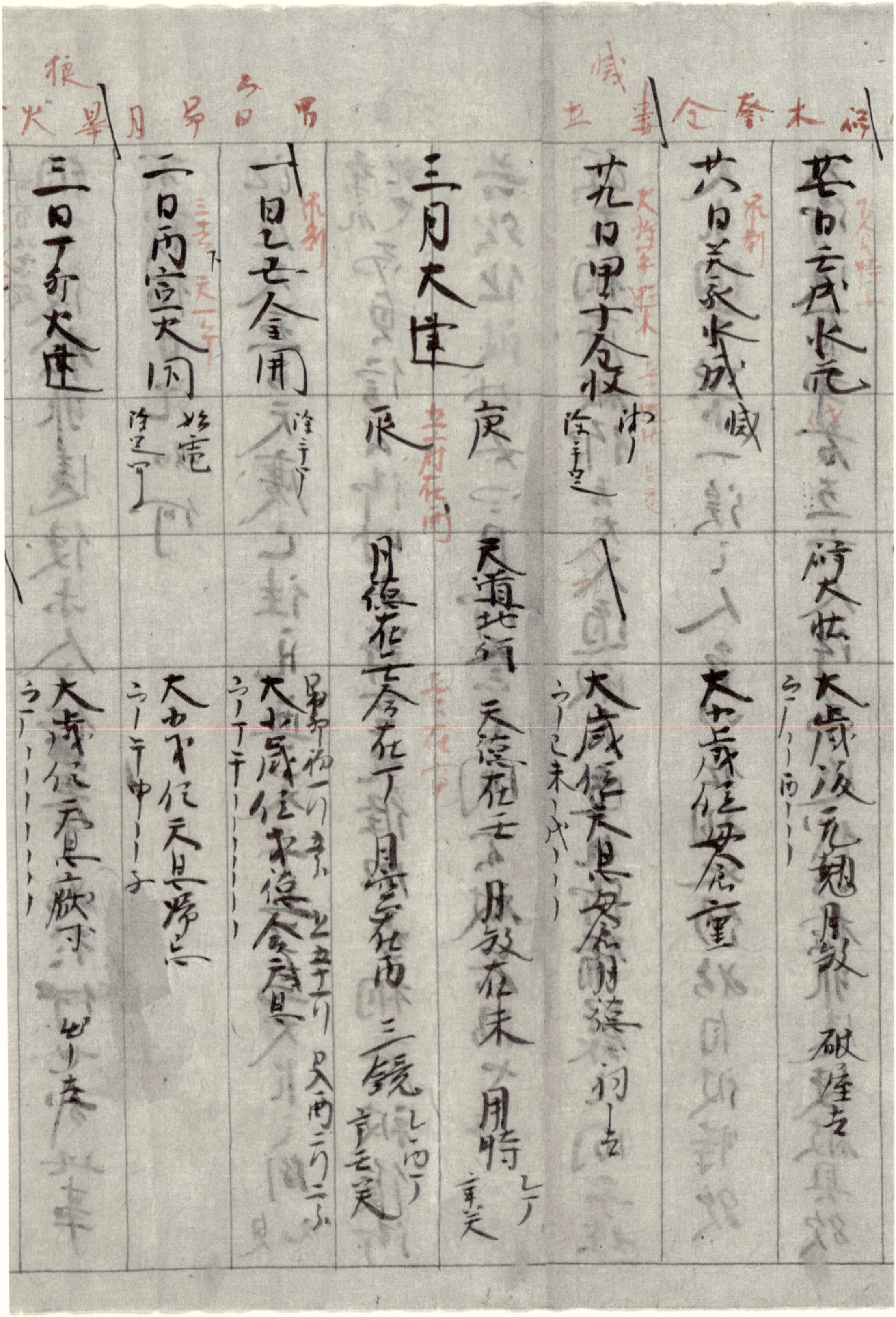
廿七日壬戌水危
廿八日癸亥水成
廿九日甲子金收
三月大建
一日乙丑金開
二日丙寅火閉
三日丁卯火建

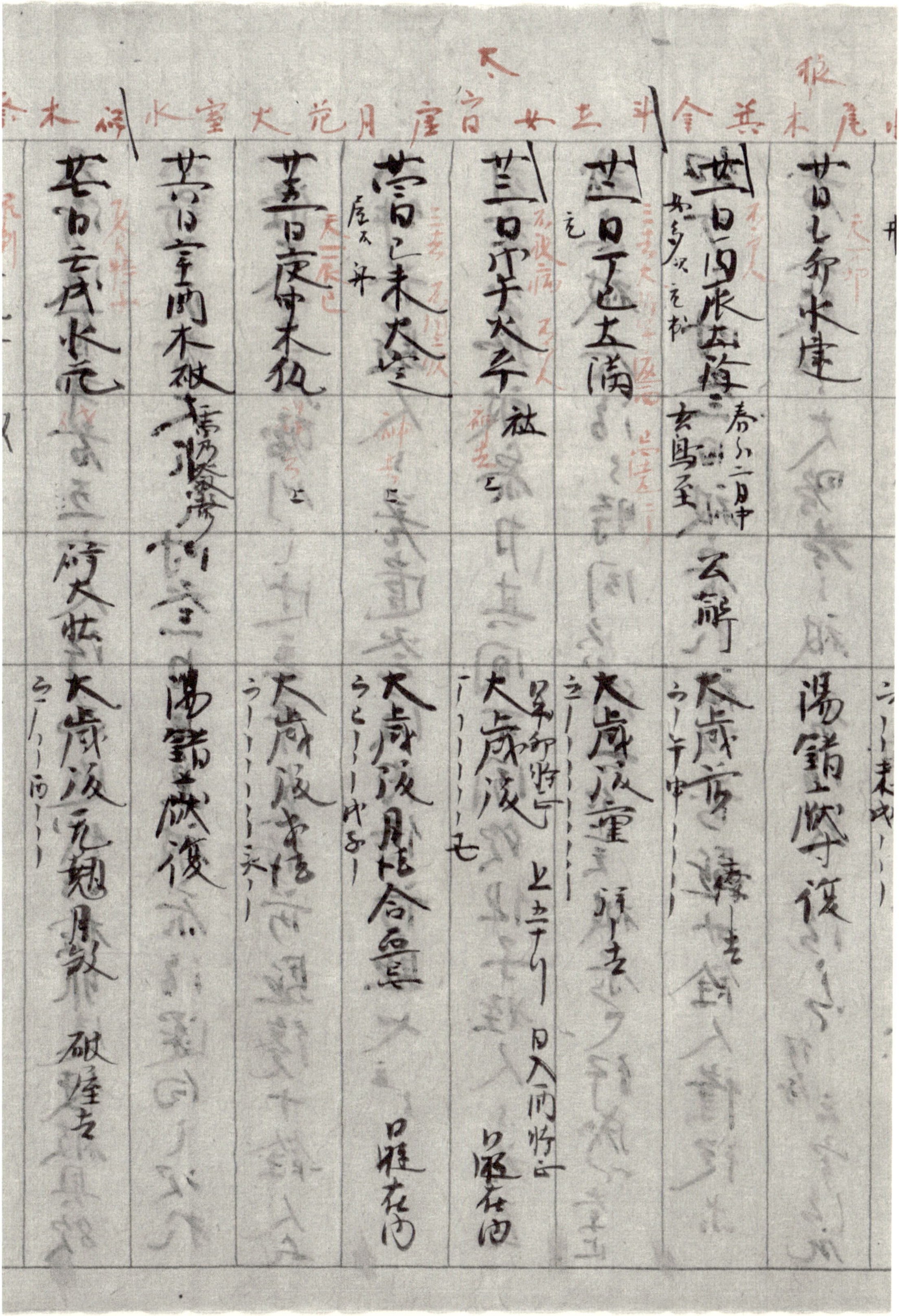

廿日乙卯水建

廿一日丙辰土除　春分二月中　玄鳥至

廿二日丁巳土満

廿三日戊午火平　社

廿四日己未火定

廿五日庚申木執

廿六日辛酉木破

廿七日壬戌水危

大歳前　大歳後　日遊在内　破屋吉

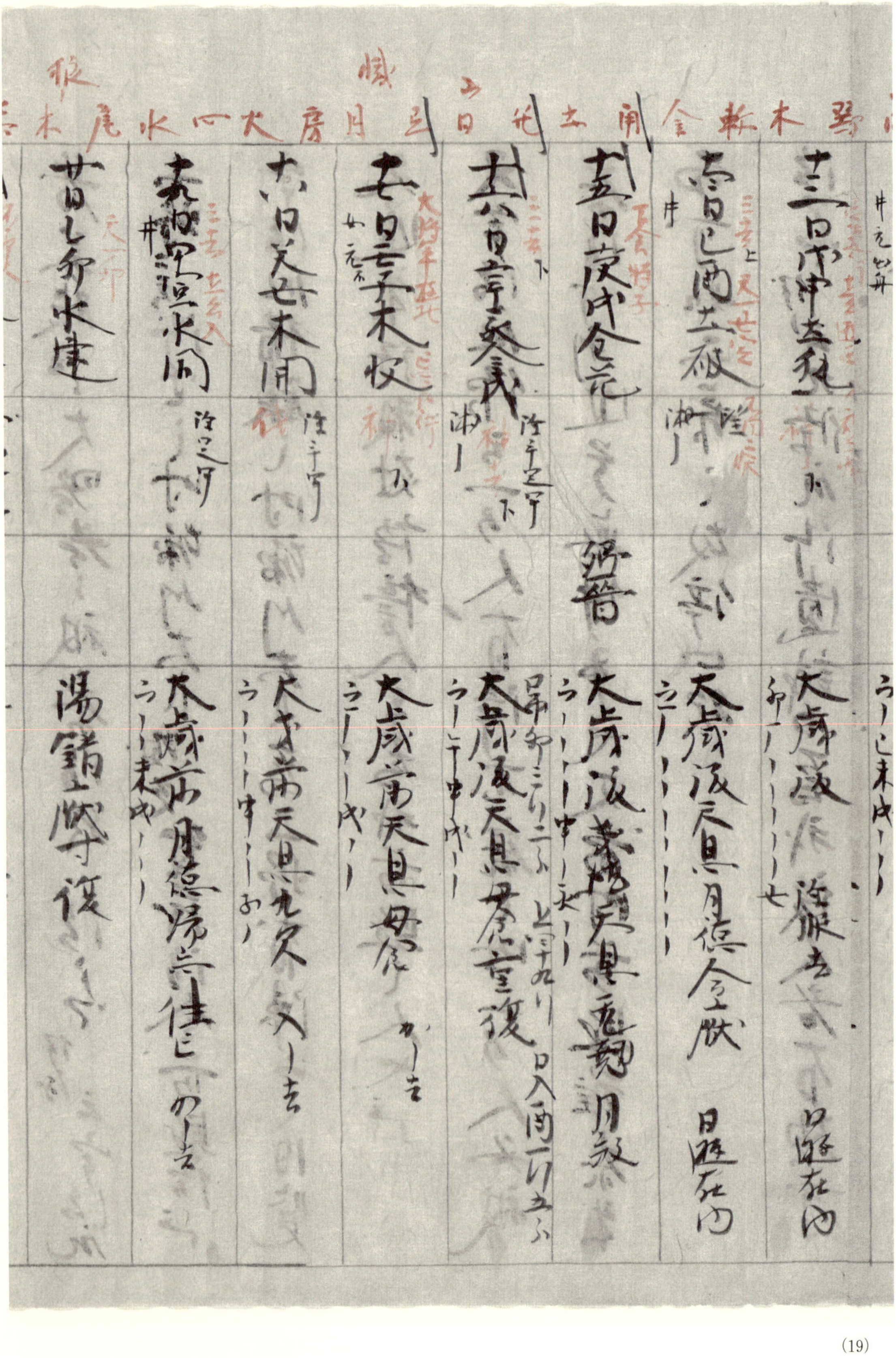
十三日戊申土執
十四日己酉土破
十五日庚戌金危
十六日辛亥金成
十七日壬子木収
十八日癸丑木開
十九日甲寅水閉
廿日乙卯水建

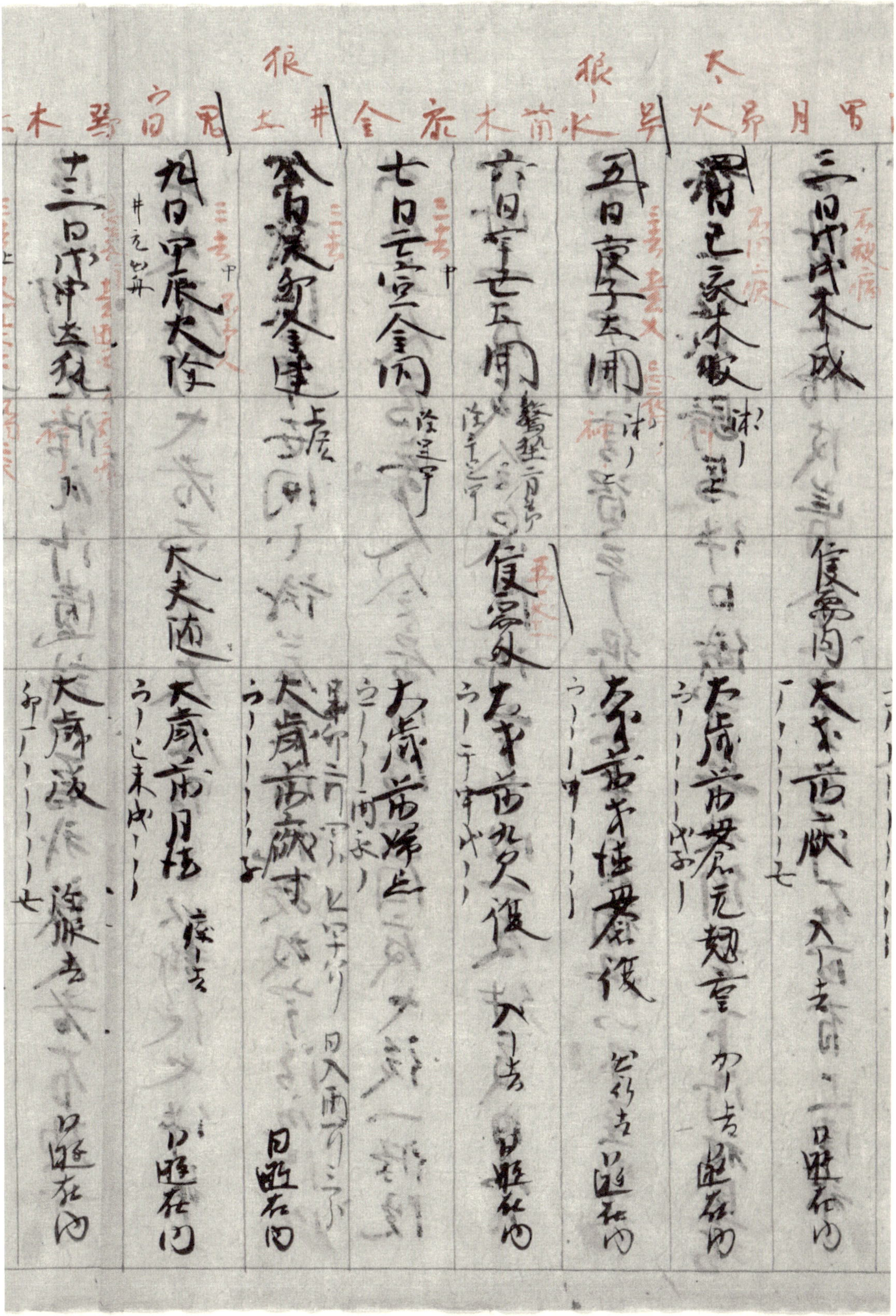

(19)

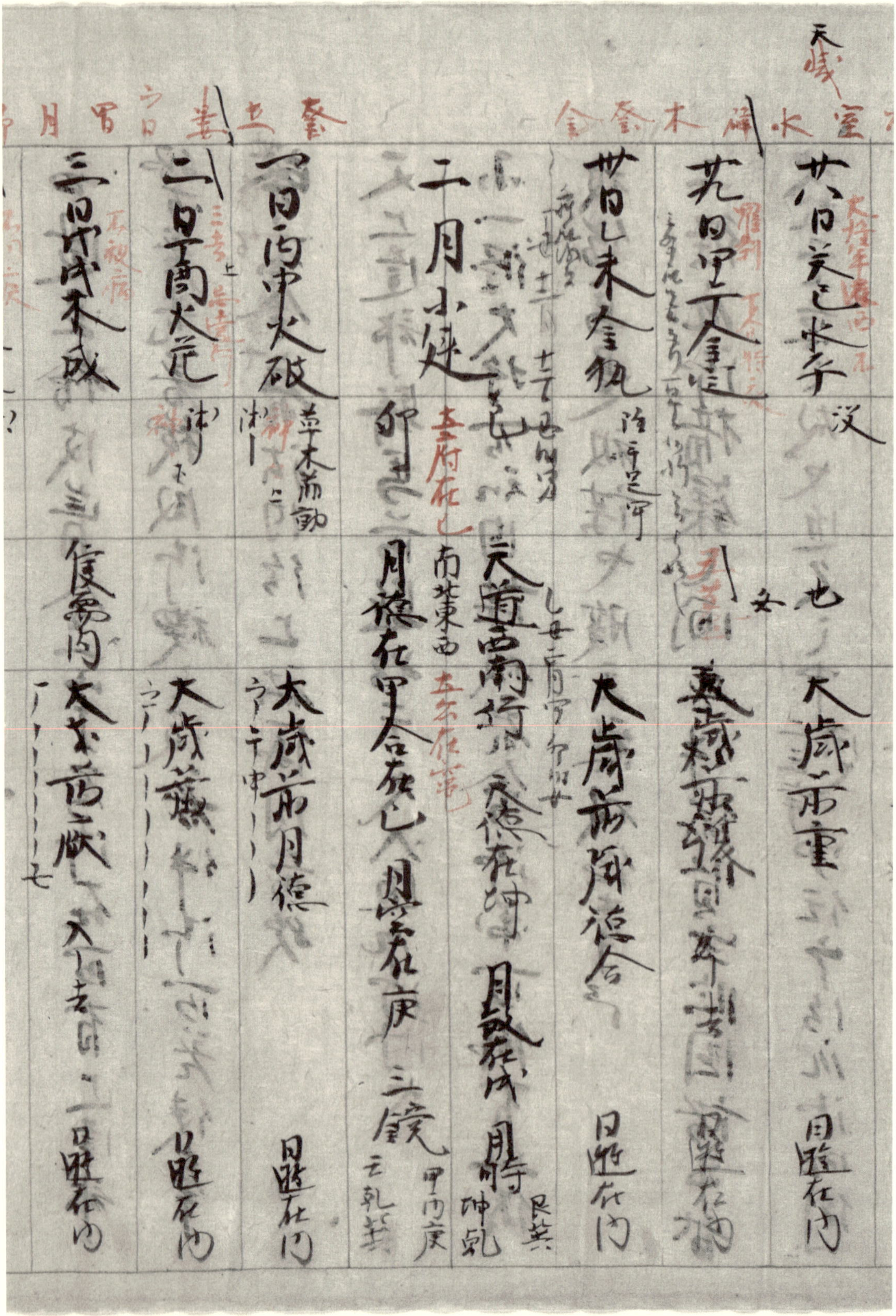

廿六日癸巳水平　没　大歳前重　日遊在内

廿七日甲午金定　大歳対　日遊在内

廿八日乙未金執　大歳前厭徳合　日遊在内

天道西南行　天徳在坤　月殺在戌　月将

二月小建卯　月徳在甲　月合在己　月空在庚　三鏡

一日丙申火破　大歳前月徳　日遊在内

二日丁酉火危　大歳後　日遊在内

三日戊戌木成　大歳前　日遊在内

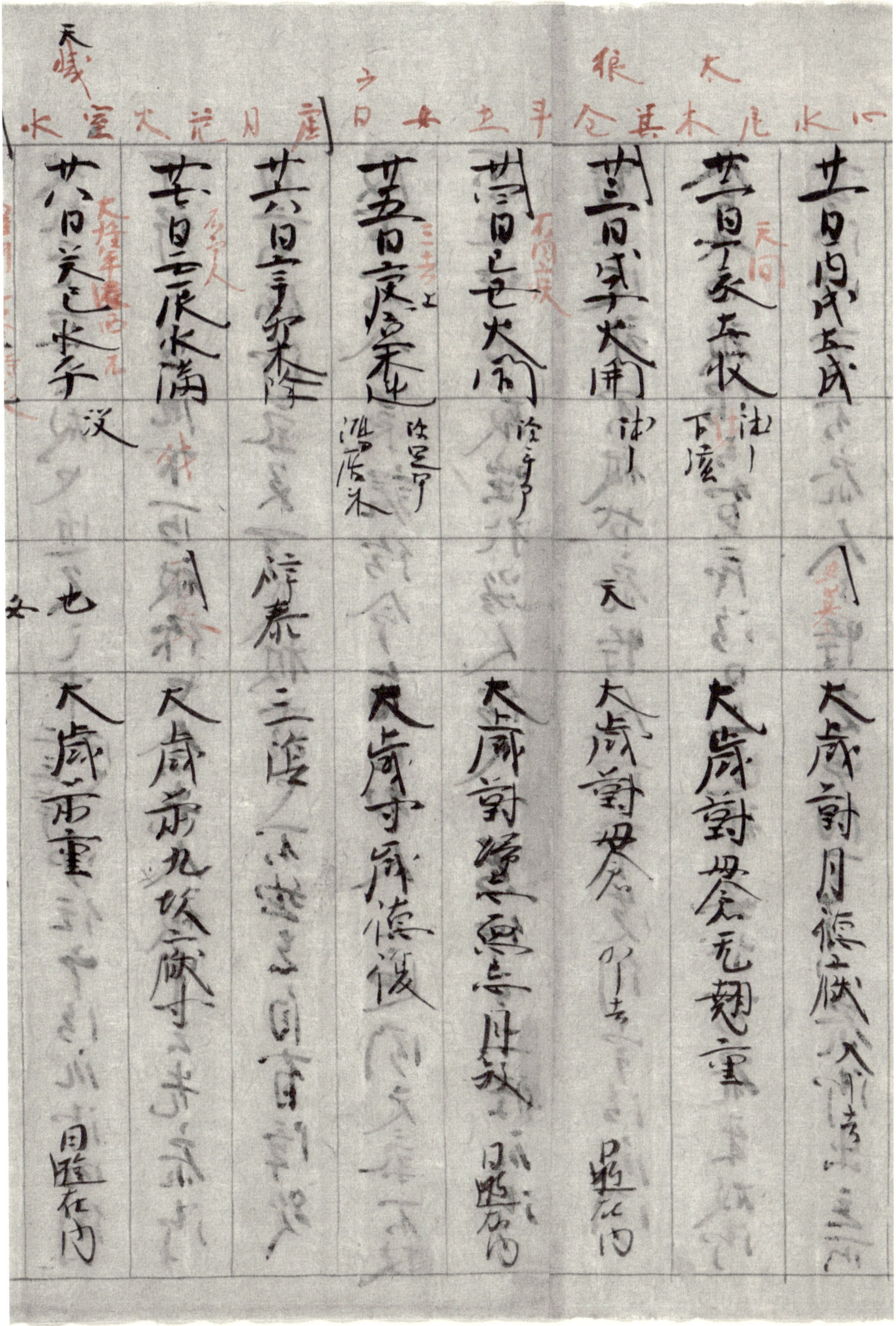

廿日丙戌土成
廿一日丁亥土收
廿二日戊子火開
廿三日己丑火閉
廿四日庚寅木建
廿五日辛卯木除
廿六日壬辰水満
廿七日癸巳水平

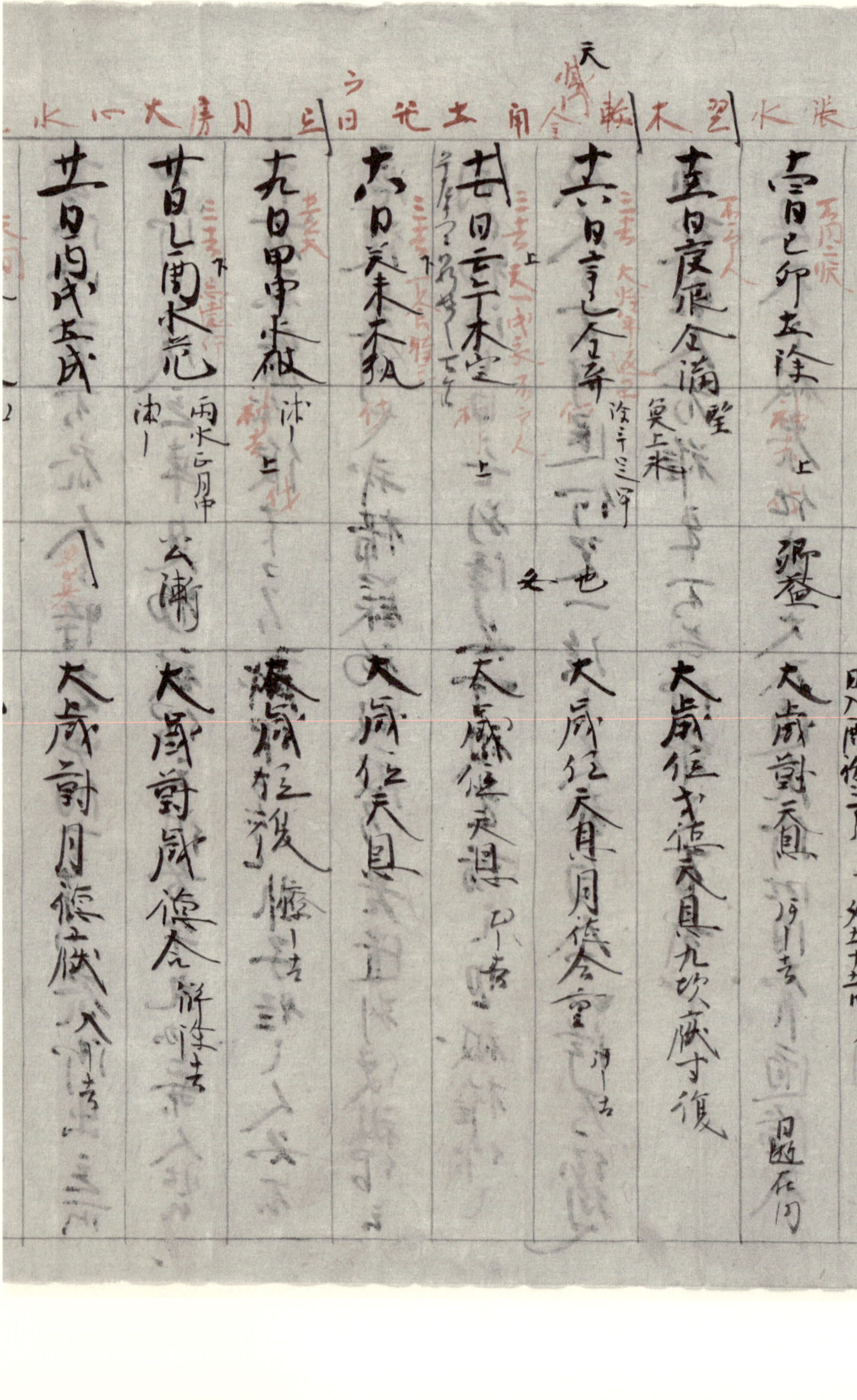

十三日己卯土除
十四日庚辰金満
十五日辛巳金平
十六日壬午木定
十七日癸未木執
十八日甲申水破
十九日乙酉水危
廿日丙戌土成

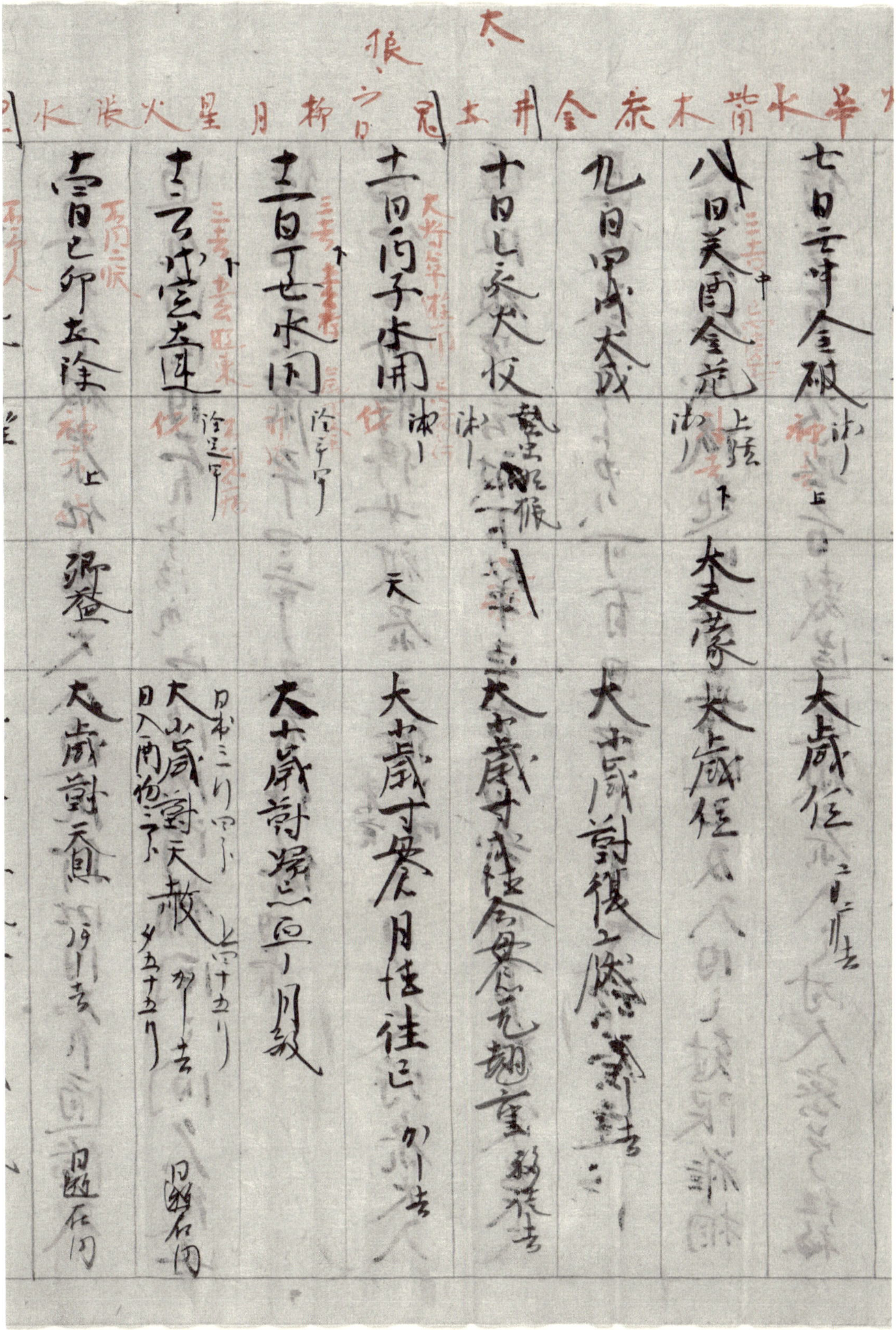

七日壬申金破
八日癸酉金危
九日甲戌火成
十日乙亥火收
十一日丙子水開
十二日丁丑水閉
十三日戊寅土建
十四日己卯土除

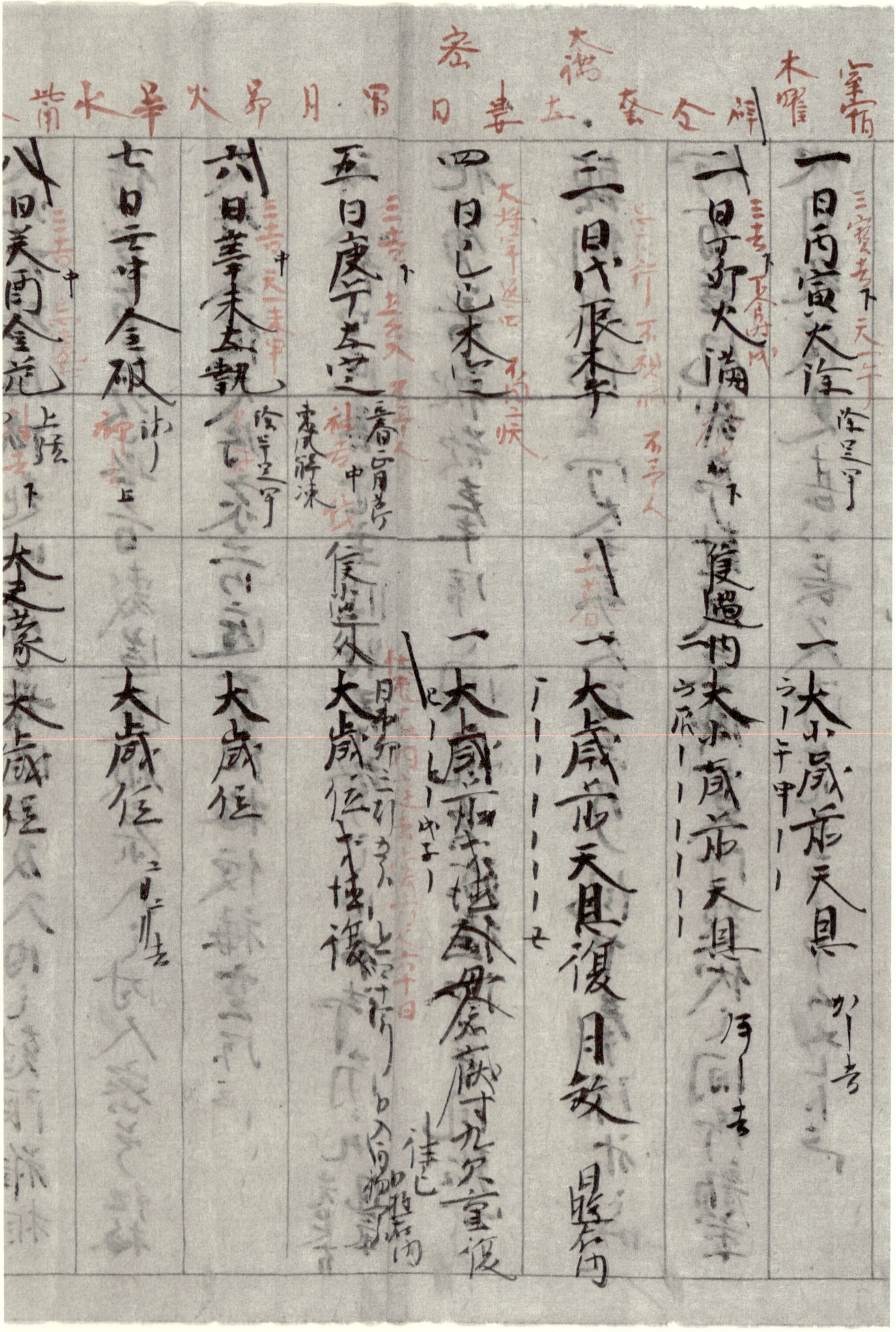
一日丙寅火除
大歳前天恩
二日丁卯火満
大歳前天恩
三日戊辰木平
大歳前天恩復月殺
四日己巳木定
大歳前
五日庚午土定
大歳位
六日辛未土執
大歳位
七日壬申金破
大歳位
八日癸酉金危
大歳位

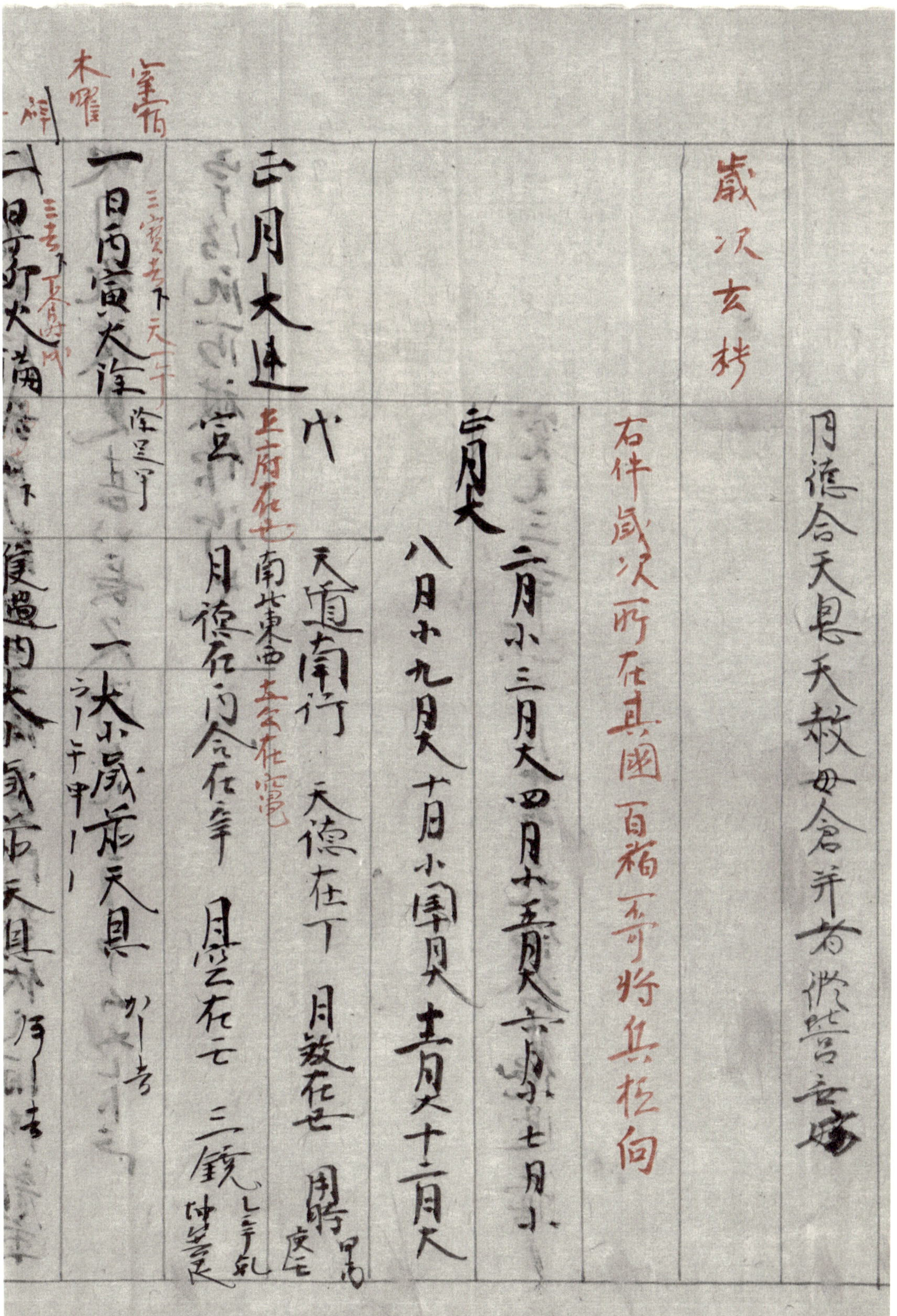

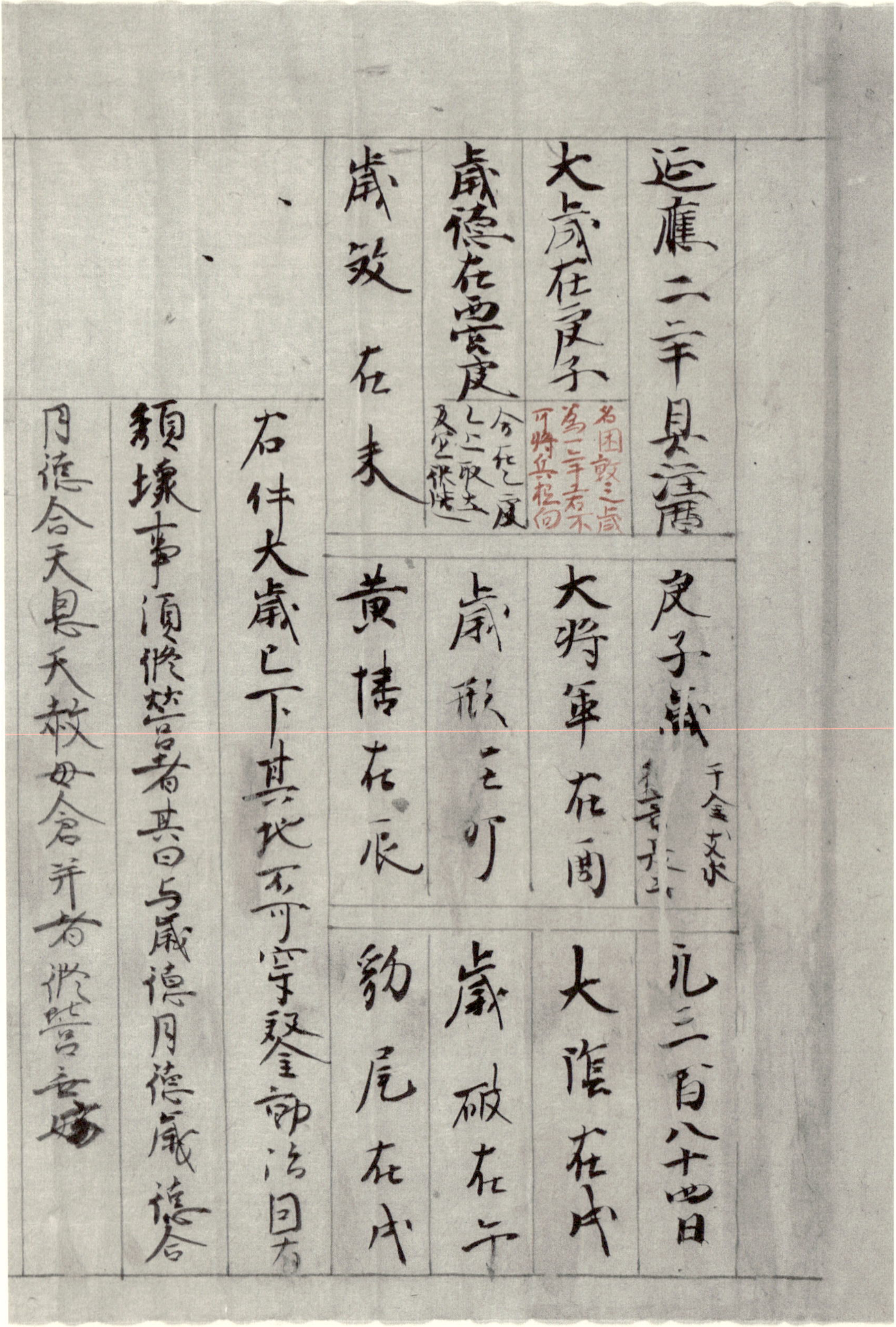
延應二年具注暦
大歳在庚子
歳徳在西庚
歳殺在未
庚子歳
大將軍在酉
歳刑在卯
黄幡在辰
凡三百八十四日
大陰在戌
歳破在午
豹尾在戌
右件大歳已下其地不可穿鑿動治因有
須犯者其日与歳徳月徳歳徳合
月徳合天恩天赦母倉并者犯無妨

江談抄　紙背　延応二年具注暦

巻尾

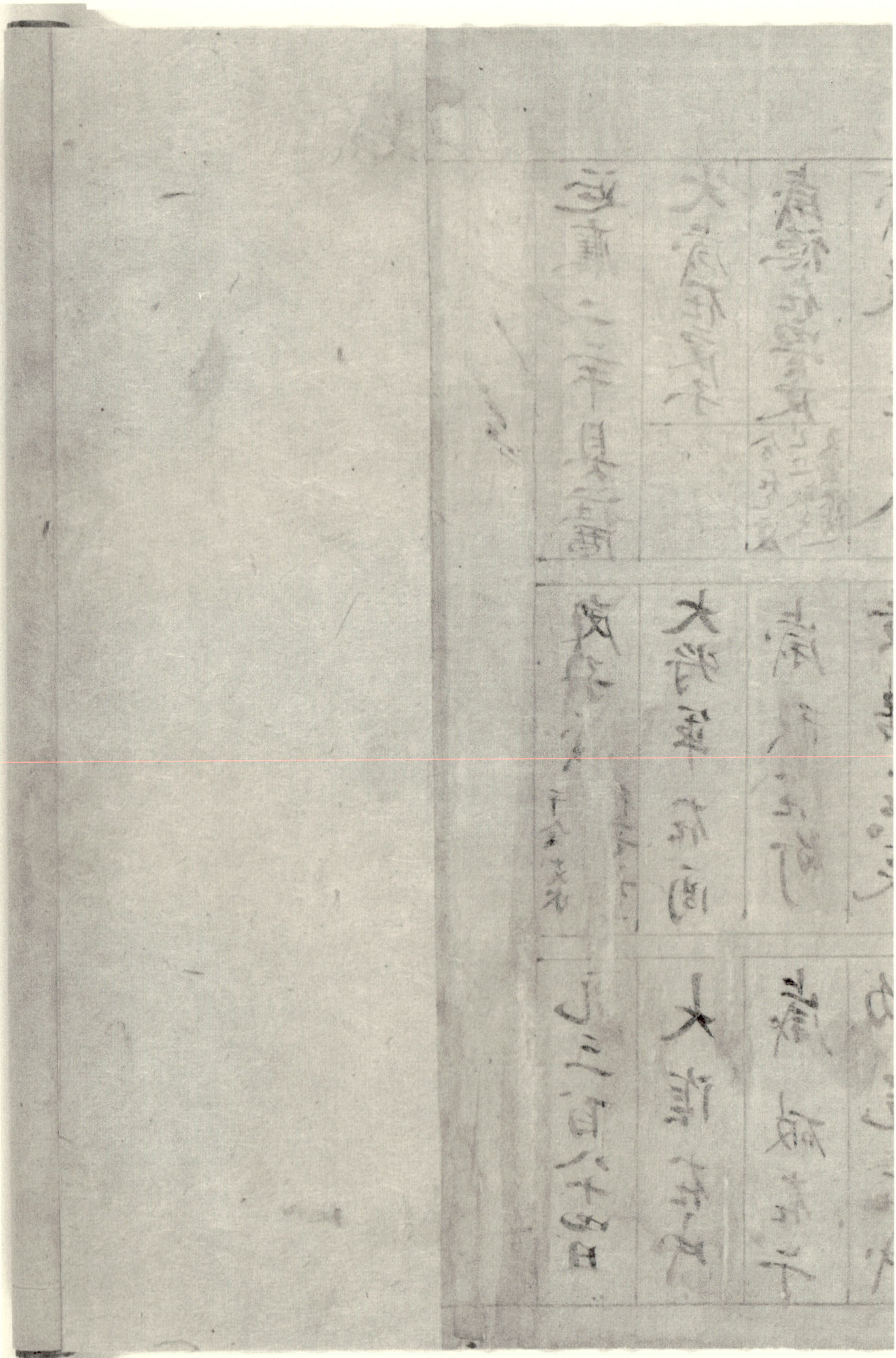

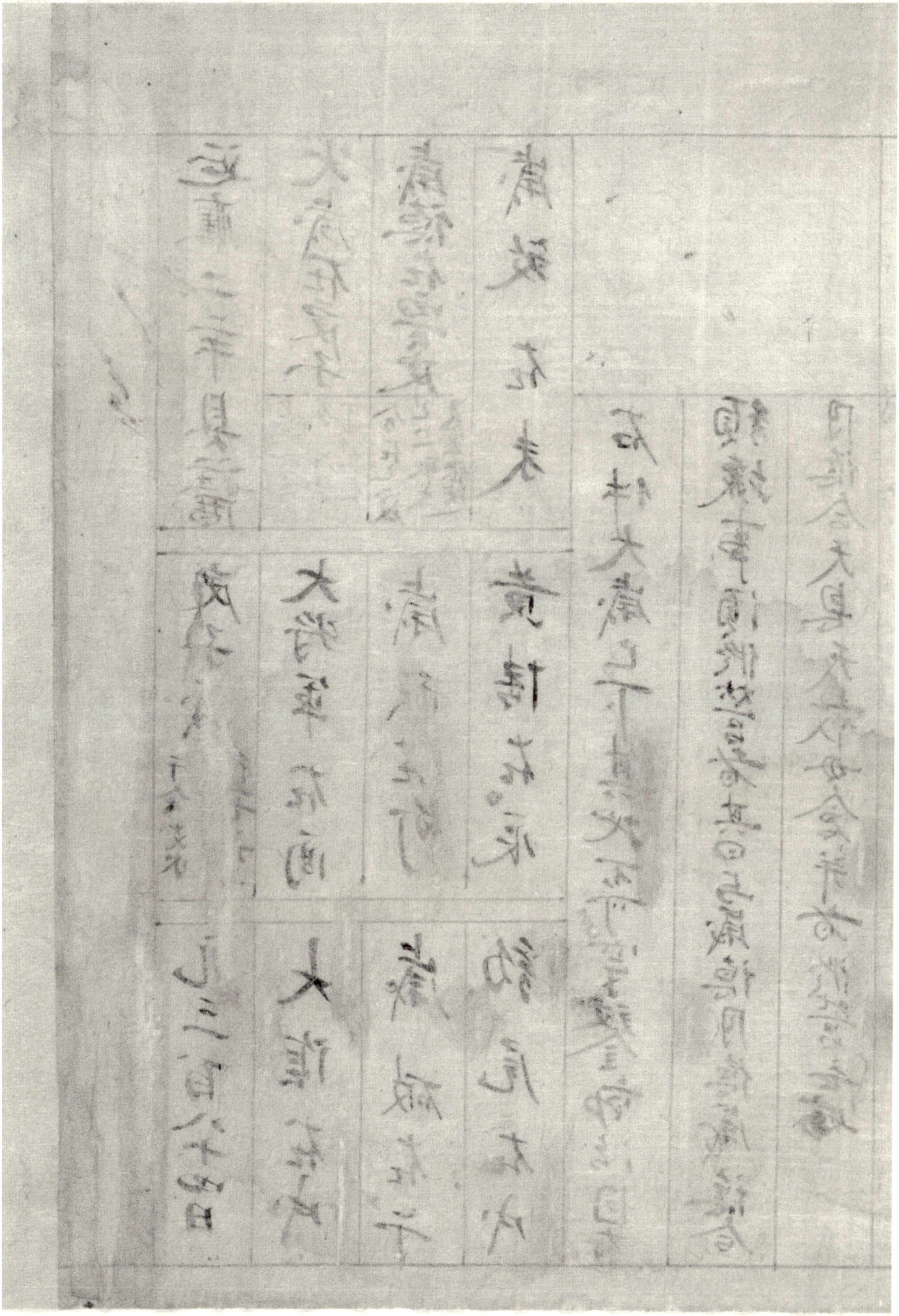

卷尾

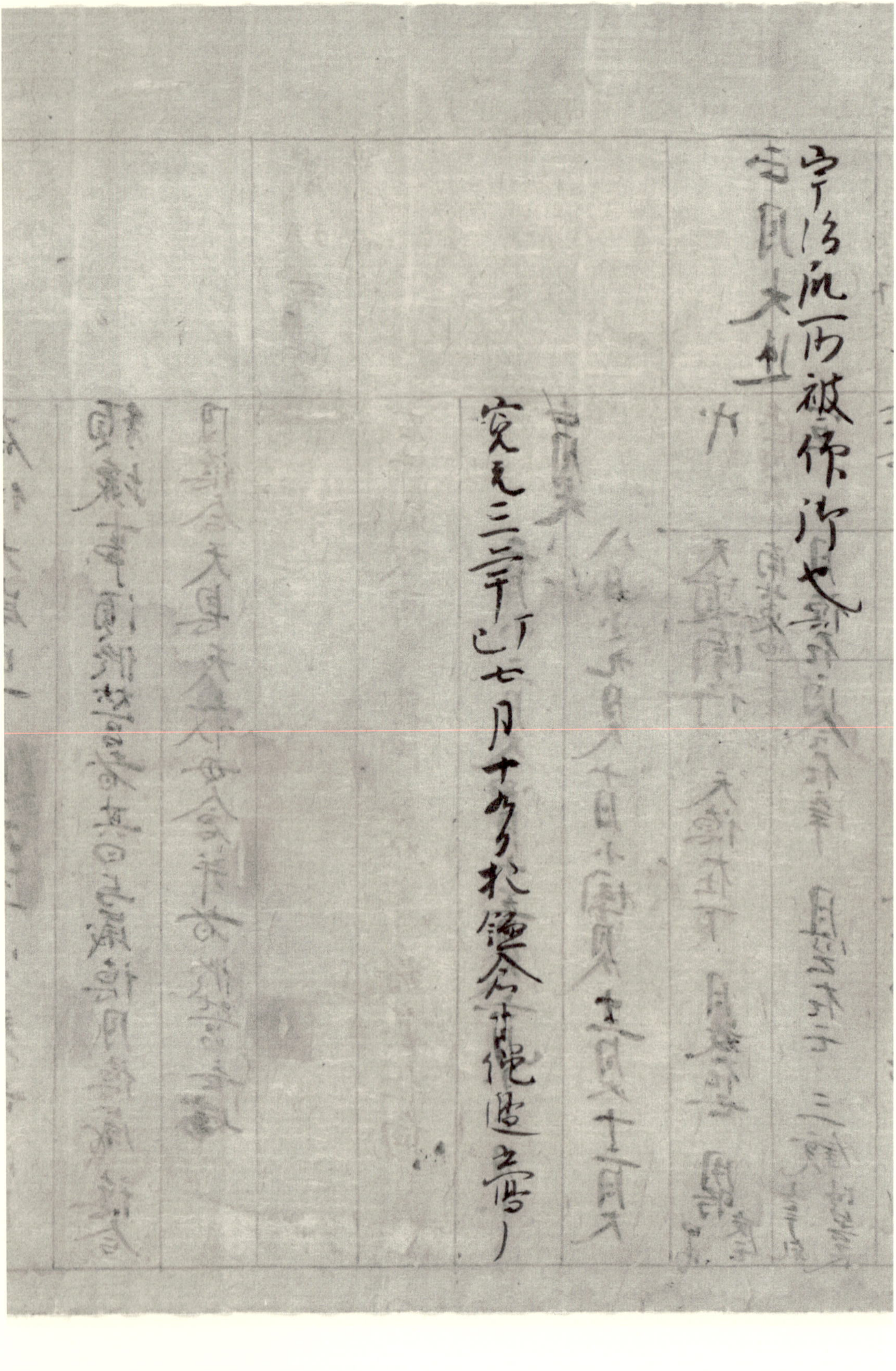

神人語曰、延喜聖主臨時奉幣之日、御前ニ風氣（先是有）
把笏着靴、欲奉幣之間、風吹殊猛、御屏風殆可
顛倒被作之、何大事乎、久留吉乃風也、奉幣於之時に
何有茲風哉、尽風氣御止、又所起伏之間、御顔色
地自靴後見之、以長久御座ニコソアムメレト云々
宇治殿両被作御也
云風大止

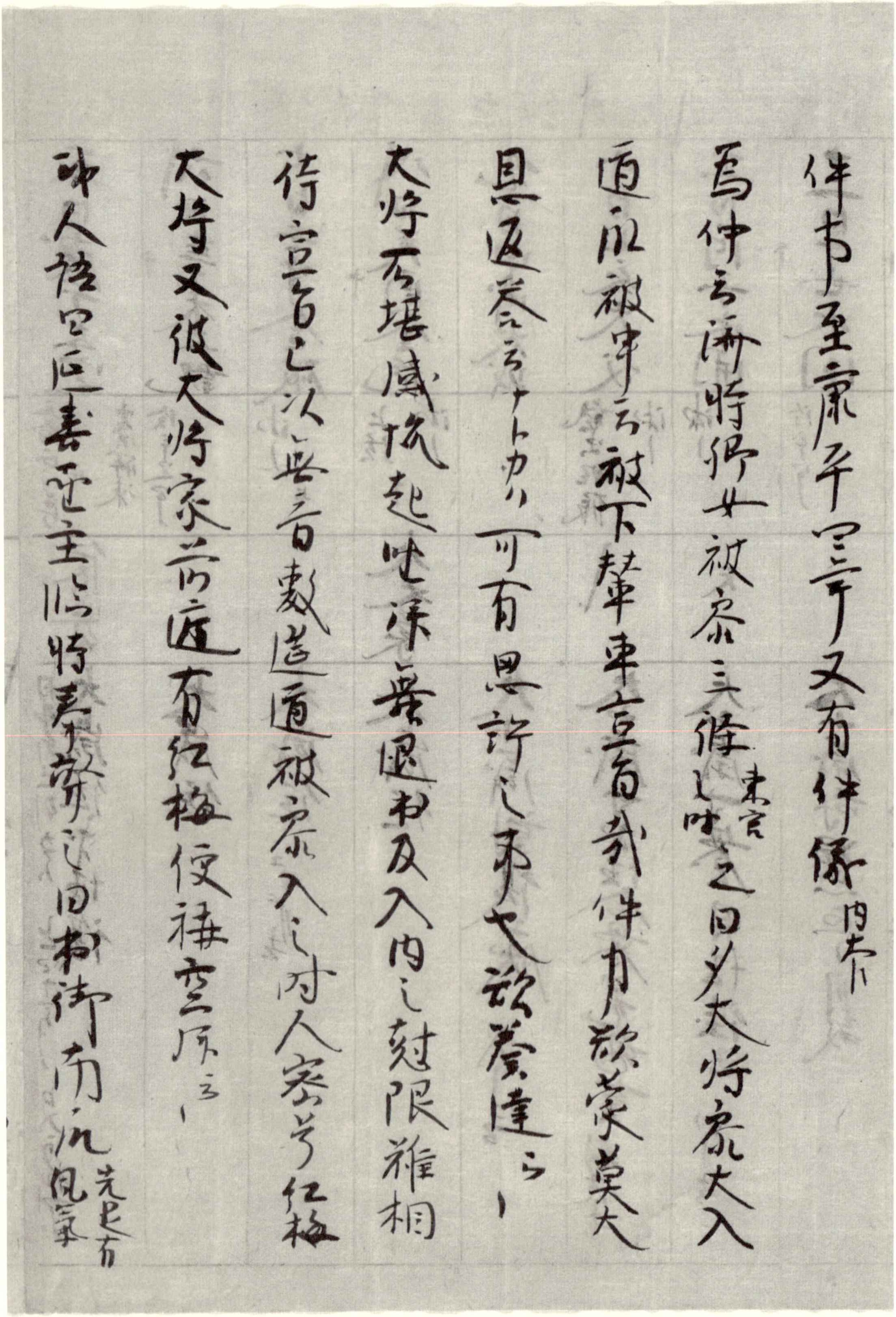
件事至寛平三年又有件縁（内大臣）
為仲云済時卿女被参三條之時（東宮）之日夕大将家大入
道殿被申云被下輦車宣旨哉件事欲蒙其大
恩返答云ナトカハ可有思許之事也欲蒙達云々
大将不堪感悦起坐拝退而及入内之剋限雖相
待宣旨已以無音數遣道被参入之時人寄号紅梅
大将又彼大将家前庭有紅梅便稱云々
或人語曰延喜聖主臨時奉幣之日而御前俄風気（先是有）

来者家實被候ナトコソハ蔵仰云々非子姪之人必不
庭從先例也我猶蘇被殿乃差遣別使被仰云
関白物詣之日二位別當必可被来訪之由被推仰之
故人々不辞退何況一族之人哉自今以後不經過
非親昵之人者雖来不可伺候雖有哉之人
子息大臣被参仕事大入道殿御時内大臣道隆入
道殿御時内大臣宇治殿宇治殿御時猶関白同人絶無
件事至康平三年又有件縁内大臣

内裏依御氣色可及被立路也不然者自有障歟
殿下不令蒙謗給令旨之事人之廻間天氣不快
不遂件事取喧於路人給之後為仲之二條院御
随上達部不被皆参随人済先例宇治殿御
参之由被仰云賀茂詣日上達部必皆参参来被御
覧御時有不参人々時者中納言ナトハ参御出之所
御覧之後之車見物被仰云彼者弁丸加之無人随
来者参籠故候ナトコソ献仰之也非子姪之人必不

[illegible]不参、殿往内侍上卿儀同前歟
又上達部騎馬前駈始于大入道殿御時也
小一条大将不知内諱被殿舎御本可候有此儀
被借馬是被謀也、腹立怒被借奉云々
二条殿御橘録同無件儀、賀主臨国諸事皆
決於千意之故也、近久之中、同二三年而任中納言殿御此例
可行之由、殿下所被作也、余先人被申云、先殿御
内裏依御気色、又可及被示給也、不独志自有障歟

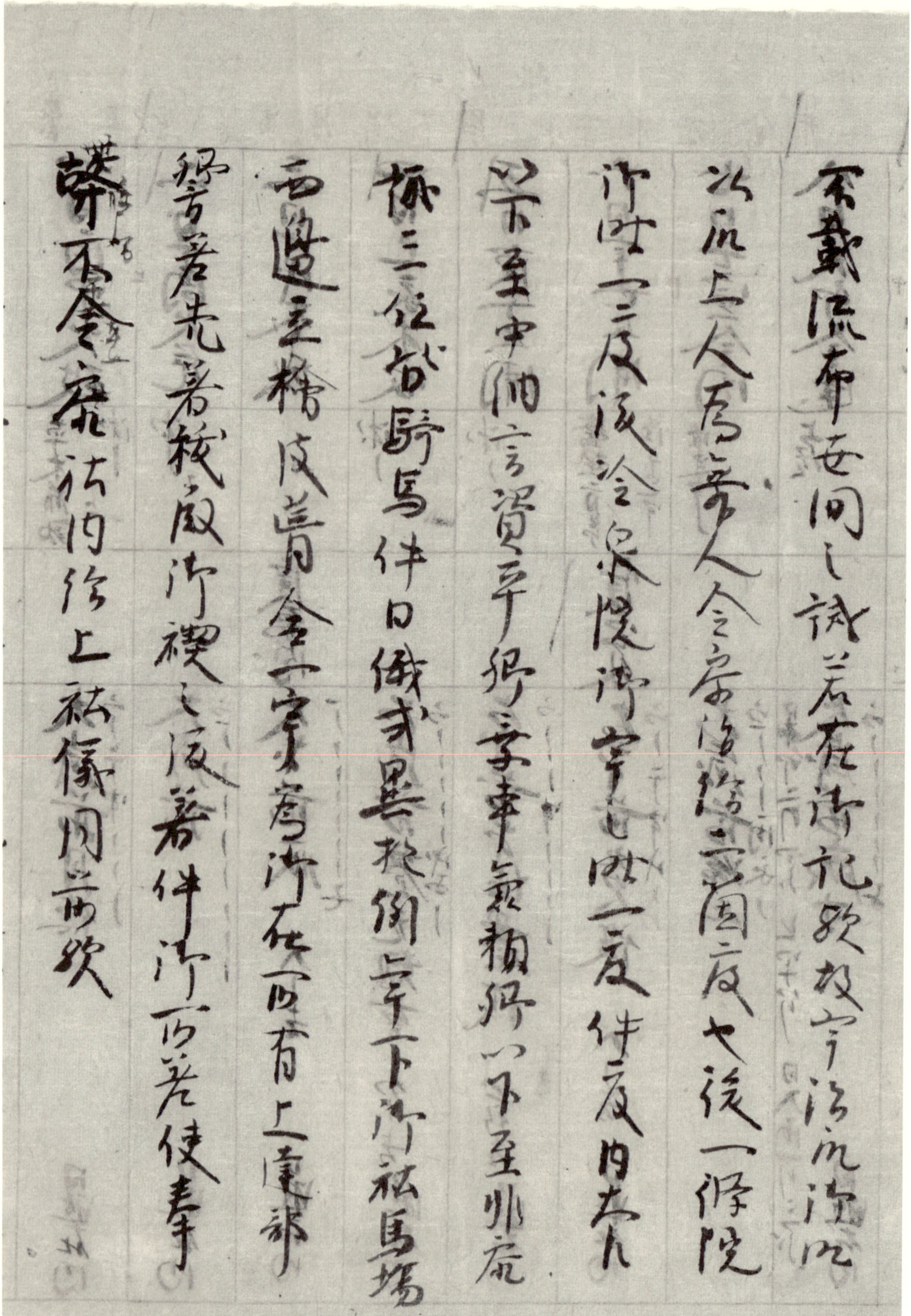
不載流布本同之、誡若在御記歟、故實沙汰[illegible]
以[illegible]上人爲其人令宣給二國司夜之後一條院
御時二度、後冷泉院御宇此一度、件度内大臣
以下至中納言習卒[illegible][illegible]以下至[illegible][illegible]
拝三位中將騎馬、件日儀式異於例、上卿下御祓馬場
西邊之檜皮葺舍一宇爲御在所、有上達部
[illegible]若先着被敷御禊之座、着件所、召使奉
[illegible]不令座、於内侍上祓儀同前歟

宇治殿攝籙之時堀川大臣為上卿有陣定内覧
文遣来経報赴諸橋人云為我前駈之人也云々
又宇治殿御作云一家人有停不祗之時二家人必被
参宇治前駈遣者無其事也又當時前駈雖参来
而可如二条之故停止欤
治ア宮（伊予云）九條殿御遺誡曰為我後人者有殊可
参大臣家之者而参大臣家以斬絶也件事
不載流布本同之誡云若有御記欤故宇治殿御記

一従大宮右衛門ノ辻至車見物前駈随身十餘人立
以件前駈人々差遣登後内侍前駈七人云々
引率公卿被参事同不聞欤但子姪人々為
我志被参者々時同久々御共〈仁延之〉被参之行成卿〈大宰正〉
幼少之時登日被参於社頭前駈廿餘人僮従等
着美服云々大略如此被参者歟後々〈何俣〉云宇治殿乃
大将之時御共之時衛門大夫頼光賀茂詣会前駈侍云々
宇治殿被補録之時衛門大夫為上卿有陣定内覧

江左大臣云、天慶之往元無太子若為大臣之例見九条殿記也而貞信公御時小野宮九條兩方相二府被候御
共欲任彼時安三月御参之間不被参詣也云々
深左相府被仰云、大入道殿入道九御猶蘇之間子姪
大臣納言以下一族之人多以在朝也、仍如自彼時歟
又御後有事者五六人許而近代以検非違使被具歟
小野宮殿若大臣之時参日早旦被参詣還向之次於
一條大宮若宿堀川之辻立車見物前駈隨身十餘人云々

殿無左右欲参内之處仍假草騎馳参尋御在
所女房云御夜前殿只今人々之解開御璽結緒給
者乍驚排闥参入如女房言解給結緒之
間也固奪取如本結之云々
攝政関白賀茂詣共公卿并子息大臣御前駈少
可有以字歟
納言後檢非違使大夫之供奉始於何世哉此事
不載指日記如何
江左大臣云天慶之往凡無父子共爲大臣之例
九見

牛童頗近侍喰御牛召件童令召人々寄御車
令乗御息所顔色無也不能起立令扶抱還
御召浄蔵大法師令加持纔蘇生云々法皇依
先世業行為日本国主雖去宝位神祇奉守護之
追退融霊也又件戸面有打物跡守護神令追入
稱云後也云々　又或人云法皇御簾中融霊居擁云々
故小野宮右大臣語云冷泉院御在位之時大入道
殿兼家有召欲参内之處仍俄単騎馳参尋御在

資仲卿曰寛平法皇与京極御休所同車渡御
川原院観覧山川形勢入夜月明令取下御車
疊假為御座与御休所被行房内之御事殿中有
塗籠人開戸出来法皇令問給對云融候欲賜
御休所法皇答曰汝在生之時為臣下我為天子
何猥出此之言哉早可退帰者霊物恐抱法皇御
腰半死御前駈等皆候中門外御声不可及達
牛童頗近侍召御牛召件童令召人々奉載御車

此者又作云綺可申者参云不蒙裁許但或人申云
若是大刀御拵横鐙歟天気有感後日畢理朝臣
相語云金工作云我同被召人不知而資平之所
申也相叶之所感也者柄件鐙事右第一相作也又
在清填云御口傳云々
又或説云永蘭若鐙經實詢之但經範之由見之
木作日記秘本也
資仲卿曰寛平法皇与京極御休所同車渡御

資業弁信不知此旨猶以不及古賢也云々
人談曰、御剣鞘有五六寸許物巻付、人不知何物、未審
仲綱因幡集之二巻下被太納言教命云、予昔三
條院御宇時為殿上人之間、自無名門至上御戸
殿上御倚子之下謹跪候、北上作之可異假小板敷
者随作法假小板敷作之、弥剣鞘有被纏付之物、是
何物哉、此有所問予云々、予答云、至愚之身雖知如
此者、又作之猶可申者参之不蒙搃詫、但或人申云

云々、戸部卿曰、故右大将卿童稚之時、着袴之日、多従上東門院被奉御装束一襲〈依裳日被中宮也〉、不被調袙、貴将人或稱令忌却給之由、又申重可被奉申請之由、殿下無返答、上下未審、甚限之至矣、不着用給、其後　院聞食此旨、仰云、宜人着着袴之時、不着袙貴也、近代人々不知案内欤、于時近習上達部殿上人非器識、未識者済々焉、何不傳聞哉、尤恥辱多哉、資業兼信不知此旨、猶以不及古賢也云々

又大極殿額敏行中将手跡也件火災之前誰人書哉

民部卿談曰郭公者非真課當年乞鳥乃呼云ホトヽキ爪ヽヽヽヽヽ云也真實郭公鳥ハ隠ニ於卯花垣根云コトヽヽヽヽトヽ云也又万葉集曰盧縷（鸎也）鳥ノ子也昔人乃宅樹陰ニ造巣生子漸生長之比人近覧ニ鸎ヨリハ頗大鳥乃羽毛漸具之羽乃邊ヨリ大亭思之間ホトヽトス小鳴去了云々

民部卿曰故右大将卿童稚之時着袴之日多従上東

公政之庭着用歟何況近代之例諸国受領不論對
物無頼之得可頼桑下之人云々
入道師談曰安嘉門額踐落生靈乃着靴沓之時也
昔渡行件門前之者時々被踏許々人乃畏之
稍慎中尖也云々全同云々件額主誰人乎
弘法大師東面嵯峨帝北面橘逸勢就中皇嘉門
額件有靈害人之由見人秘記云々
又大極殿額敏行中将手跡也他火災之前誰人書哉

煩給是東州俘囚也
治部卿伊望々談曰仲平大臣者富饒之人也枇杷殿一町之中
四分一三位居残北分四之三令住珍寳玩好不可勝計々々
又談曰延喜之比上達部服不好美麗朱雀院御時或公
卿遣消息於内裏女房許令奉達云先朝御時且
賜御下襲年月推移及之破損御下襲一領可
被申下者大略調束帯一具経両三年之間節会
公事之庭着用歟何況近代之例諸国受領不弁封

看督カカラマヘニカハトヲ称看督門衛是也
前泉州云佐理卿平生之時行成卿可書進其所額之
由蒙　勅命了不被参先達後之由欲書進之間佐理生
霊来臨行成数日之病悩之户弟謂主殿頭以名経之状語
此事宏経答云佐理卿在生之間梅壺大納言未嘗一
度之不被書額欲前中書王遂道之間佐理度々依
勅宣被書無正之勅書小生間件小蔵親王生霊常以
煩給是泉州障也

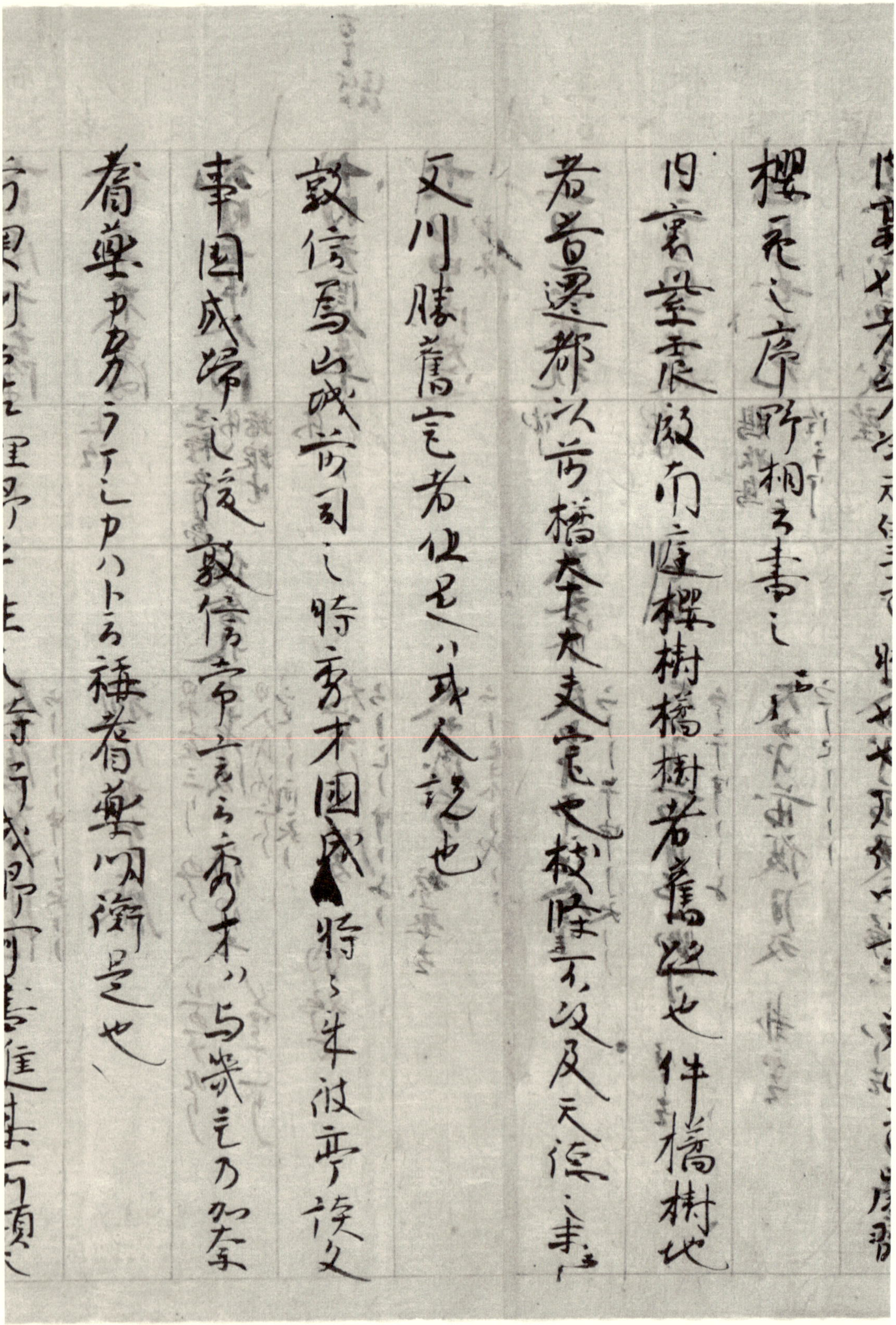
櫻花之序所相云書之
内裏紫宸殿南庭櫻樹橘樹者舊跡也件橘樹地
者昔遷都以前橘本大夫宅也枝條不改及天徳之末
又川勝舊宅者仙足ハ或人説也
敦信為山城前司之時秀才国成来将之半被亭談又
事国成帰之後敦信亭云云秀才ハ与紫式部乃加奈
蒼葉カラテニカハトテ稱蒼葉内衛是也

(15)

観音上読ム補陀羅山ノ観音寺也云々
天安皇帝有譲宝位于惟喬親王之志太政大臣忠
仁公憚之、構天下政為第一臣、慮思不出自口、而漸経
数月云々、或祈請于神祇、又修秘法祈于佛力、真済
僧正者為小野親王祈之、真雅僧都為東宮護持僧、
各専祈念互令相競云々
内宴始者嵯峨天皇之時、始於文人作宴等、詩已之後屏詠
櫻花之序所相書云々

得ノ後明ニ内被読也云々
知畳上下可敷事也面道衣ノ折返付テ見シテ上ト上ト知之
不折天只付シテ下可敷也
太鼓乃左右ヲ知事ハ左ニハ納絵乃数三ノ筋也又薗云
赤ク色取也右ハ栢絵乃二筋也又薗云青ク色取也
杣字大木幷山田福吉所作也栫字又見日本紀云ハ時棟
者会次不読経只理趣分許ヲ文習清範也観音ヲハ
観音上読ム補但羅山ノ観音上声事也云々

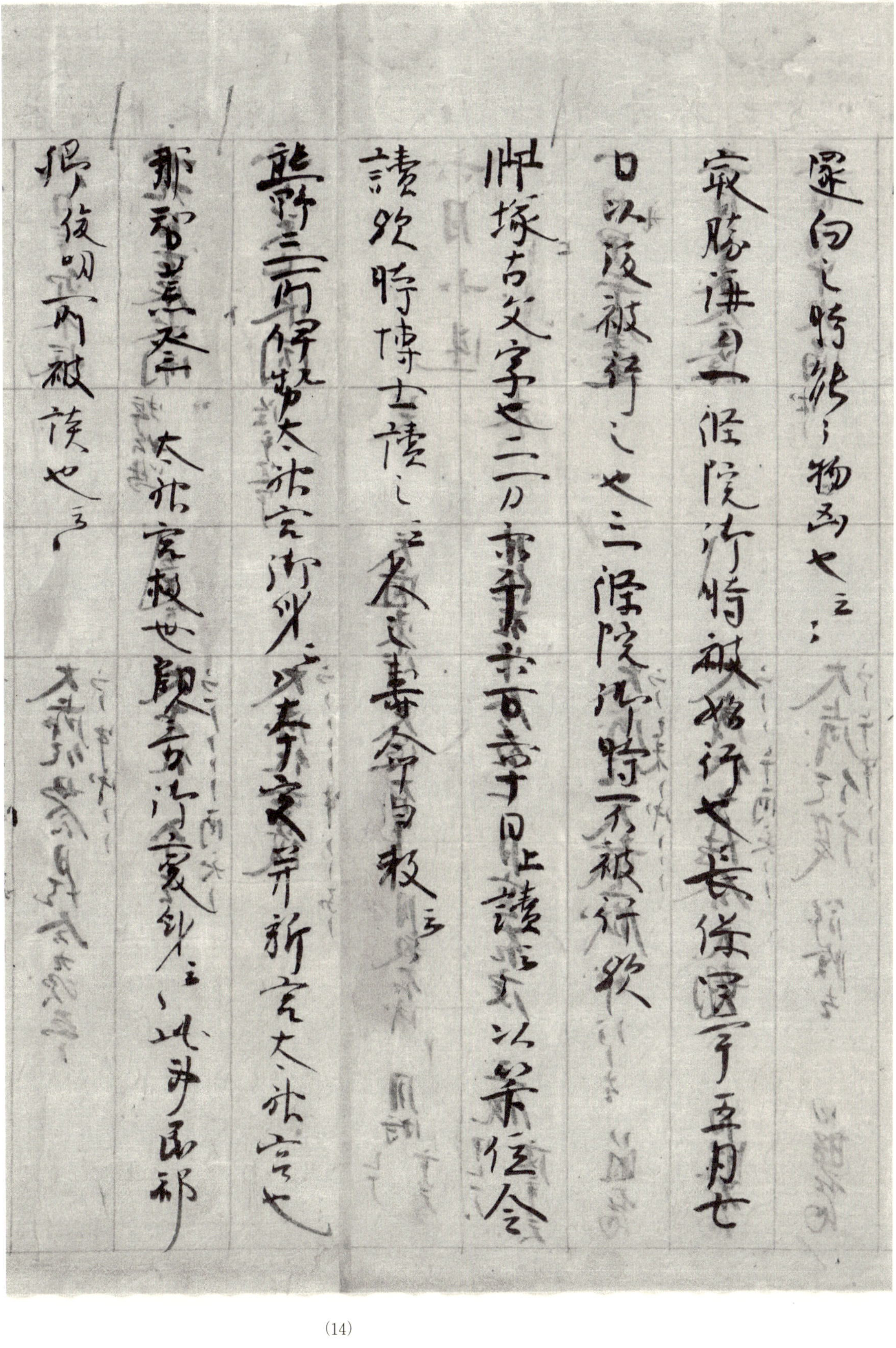

選白之時能々物忌也云々

最勝講一條院御時被始行也長保四年五月七
日以後被行之也三條院御時不被行歟

畀塚古文字也二月東平東京南京十日上讀云以弟位令
讀然時博士讀之云 春之壽命自救云

熊野三所伊勢太神宮御身云々以本宮異新宮太神宮也
那智荒祭 太神宮被世朗宮御裳鈔云々此外宮部
摂ヽ後明一所被読也云々

善宰相与紀納言口論之時善相公云無才博士ハ汝
ニヨリ始也ト云ケリ于時紀家秀才也云々以之思之善家己亡
者也紀納言聞之詫乃咋合ケヒコセ之見已ワロカラ凡代歟
ハ不待付者也

菅家御作見自餘時輩是鴻儒之句善相公ハ
清行俊モノリノイカニカクハ被作ニカトコソ云ト云々

源頼国高名逸物也而熊野者奉詣熊野山之處
還向之時錦之物為也云々

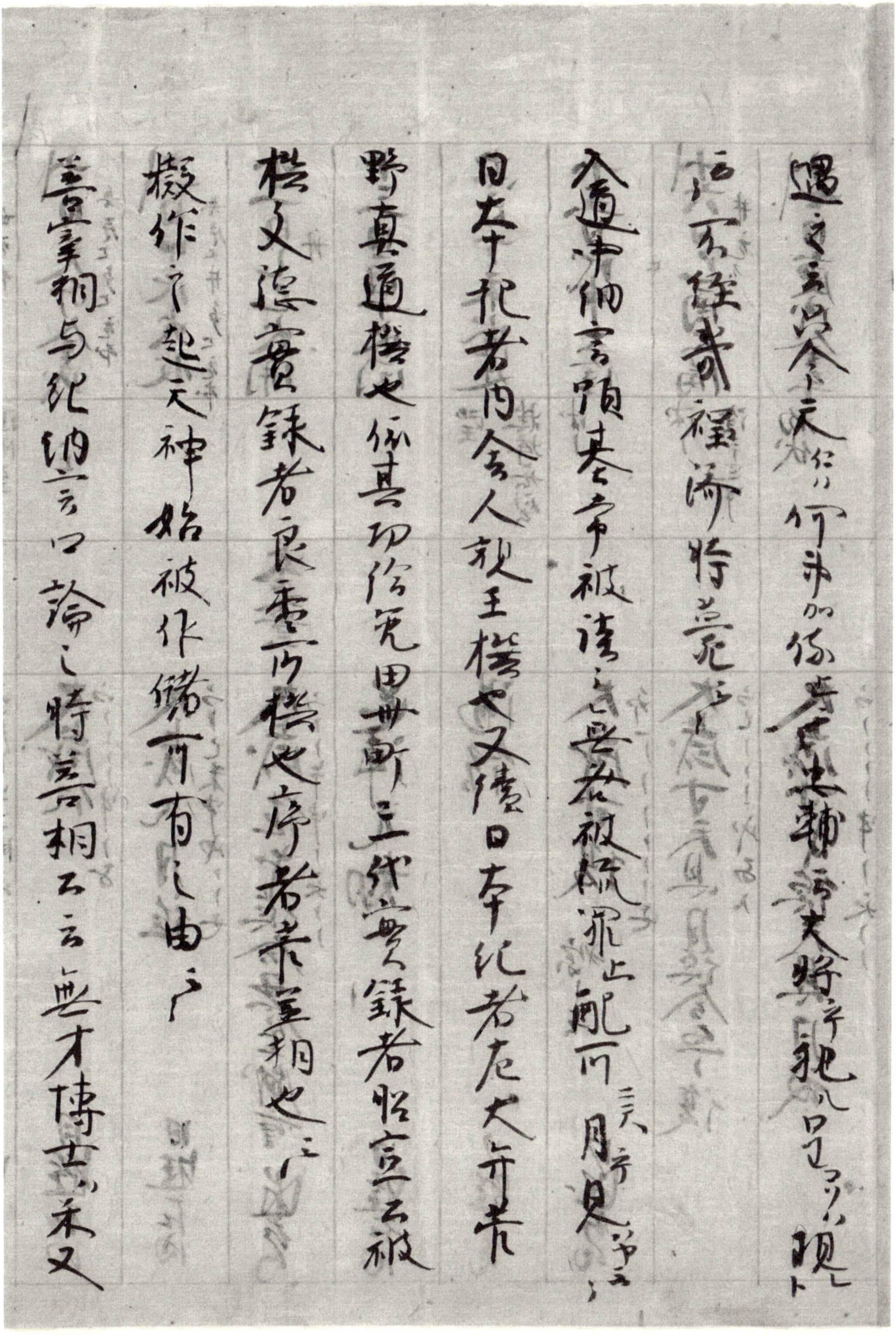

遇之云々、又云、仰天ニハ何事カ侍ル、忠輔答云、大将犯ス星只今現ト

云々、不経幾程、将薨云々、

入道中納言顕基常被談云、無咎被配流、配所ニテ月ヲ見ハヤト云々、

日本紀者舎人親王撰也、又続日本紀者右大弁菅

野真道撰也、依其功給墾田卅町、三代実録者昭宣公被

撰、文徳実録者良香所撰也、序者菅丞相也云々、

擬作之起、天神始被作、備有之由云々、

善宰相与紀納言口論之時、善相公云、無才博士ハ未又

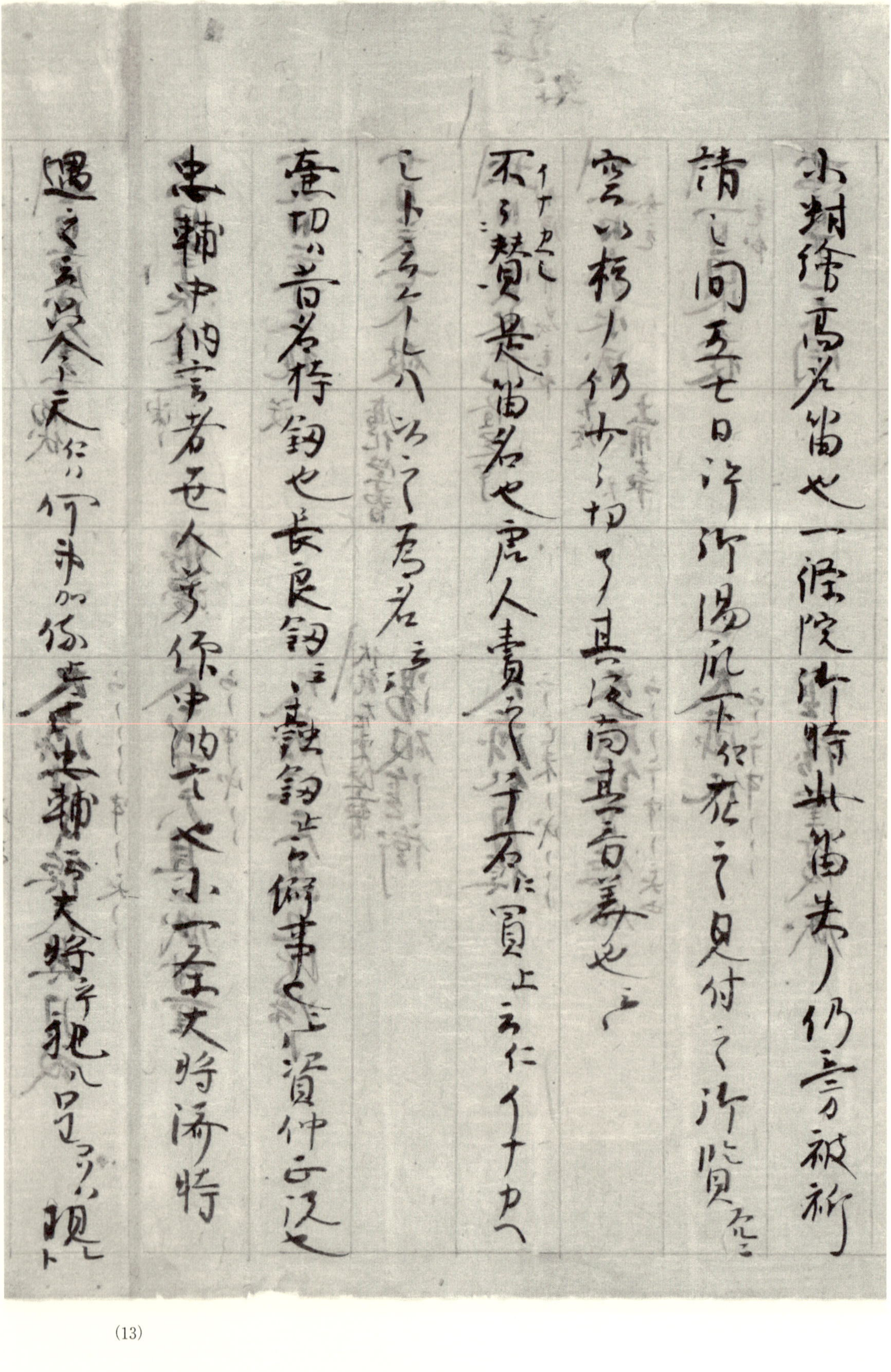

小蚶絵高名笛也一條院御時此笛失了仍高被祈
請之同廿七日御湯殿下ニ在之見付テ御覧在之
笙ハ稲ノ仍サヽ切了其後高直音善也云々
不々替是笛名也唐人責テ千石ニ買上云々イナカヘ
ことトニ云ムトシハ此ヲ為名云々
壺切ハ昔名将劔也長良劔云々張良劔古ノ御事也云々資仲云之
忠輔中納言者世人号仰中納言也小一条大将済時
遇之云々其人ハ天ニハ何事カ候ト忠輔答テ大将ヲ犯ス星ツツハ現ト

重人吹笛徐更後朱雀門鬼大聲感之自今此笛之
給件重人之其後浄蔵傳之在入道殿後一條院御
在位之時以蒔人其後此笛蒔人不知笛名只ハフタ名ナ
ニフタセサセタリヘト申ニ入道殿何事云可取ニ葉二ヲリ
江守ナムトヒケレ若此葉二笛欲之令進給
穴貴ト云笛ハ高名笛也雖然損失シテ式部卿宮吹
此笛給之時御衣上雪フリカカリタルヲ払ツ打擲之間折了云々
小蚶絵高名笛也一條院御時此笛失了仍之ヲ被祈

朱雀門鬼盗取也、而依供法之力而顕也云々

元興寺ト云琵琶ハ名物也、為院造進ス保仲許之間合殊

造還取切尾了、仍号切琵琶、後冷泉院之宝也

小琵琶高名之物也、件琵琶者玄上細孔加引付大伝遇大宰上人

宇治入道殿上之寺宝集一樵腹之由被作為正重

物ニ有行被ト差可加ナリ

葉二者高名之横笛也、号朱雀門之鬼笛是也、浄蔵

上人吹笛、深更後朱雀門鬼大声感之、自人此笛ヲ

行成卿人為御使向被示同名事之時其作法各異右
府者取出日記中可備證文之處俊賢者先見日記
華請覚人被陳之云々但者出被申可依執政申之由云々
又被命云此人々皆雖有朝議於被告式日多々但被作
獻其人其家之故也但自作法進退者自其所知云々
玄上者昔失畢不知在所仍名家為祈門件琵琶被修
秘法二七日之間従朱雀門楼上以頸付縄漸降之是則
朱雀門鬼盗取也而依被修法之力所顕也云々

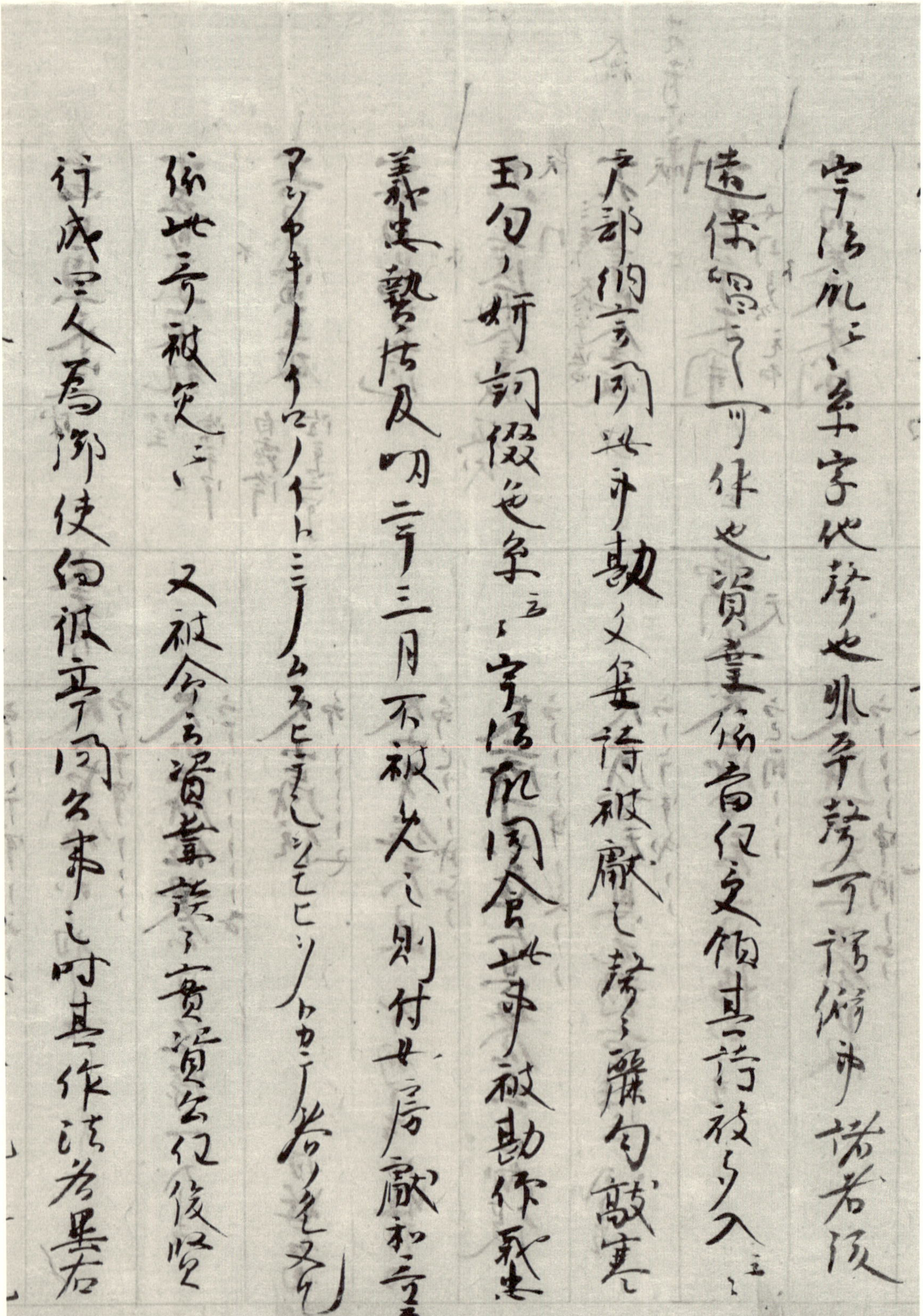

防蔵人頭、　又被仰云備後守致忠[illegible]所時

為蔵人之時天文博士保憲有召依事致忠為御使往

反之間粗知天文書之後於廁向人陳天文事怨有嘱之

者矢中柱致忠驚云此理也於廁謗天文故熒惑星射

吾也今年有木星之助故中柱云々

又被仰云鷹司殿屏風詩弁信卿被撰之弁信頗多

被入資業詩花境落詩色條句撰入義忠閑立中

字作也之多字作詩也此字詩可謂術弁諸者役

遣要習可佛也資業云当又定人自其詩文入云

寛和二年以前天下政忽反淳素多是惟成之力云々
又被命云英明首乗檳榔車被参清涼寺御堂是公卿
多以参會朝成卿云公卿車之外有檳榔車誰人之車哉
英明被答云下官車也若被咎俗者可乗檳榔車之
由有所見者歟於件法式無所見云々
又被命云英明少年相戯御後母御宮仍人此故不被
渡蔵人頭云々
又被命云備後守致忠之居所时
為蔵人云天文博士保憲有云係事致忠為御使往

他国に可遣文章人云々、得此告之後不居幾程逝去云々、

又被命云、橘則光於斉信大納言家自搦盗、有力軼人云々、

又被命云、粟田関白扈従花山院出禁中被向花山之時、

大入道殿以平維敏為被出家之使、時人見維敏云、

宰及以為可人之歟云々、

又被命云、花山院御即位之後、十日大宰府帯兵仗之者

無一人、是皇化無程遠及之験也、円融院末朝政甚乱、

寛和二年之間、天下政忽反淳素、多是惟成之力云々、

時貞信公云、道明不令任左大臣、道明[illegible]云々、不居幾程

被任左大臣之方、仍右大臣之者有意趣歟、人々云々

又被命云、経頼得蒙宇治殿勘責之後、不居幾程有

病死去云々　又被命云、往代人多到市自買物、道明与（日君是為大納言妻）

妻同車到市買物、市中有一嫗、見大納言妻、次見道明

曰、此人之力欲云々

又被命云、紀家為参長谷寺祈請、夢有告云

他国ニ可遣文章人云々、得此告之後、不居幾程逝去云々

又被命云、[illegible]大納言[illegible]自[illegible]力缺人云々

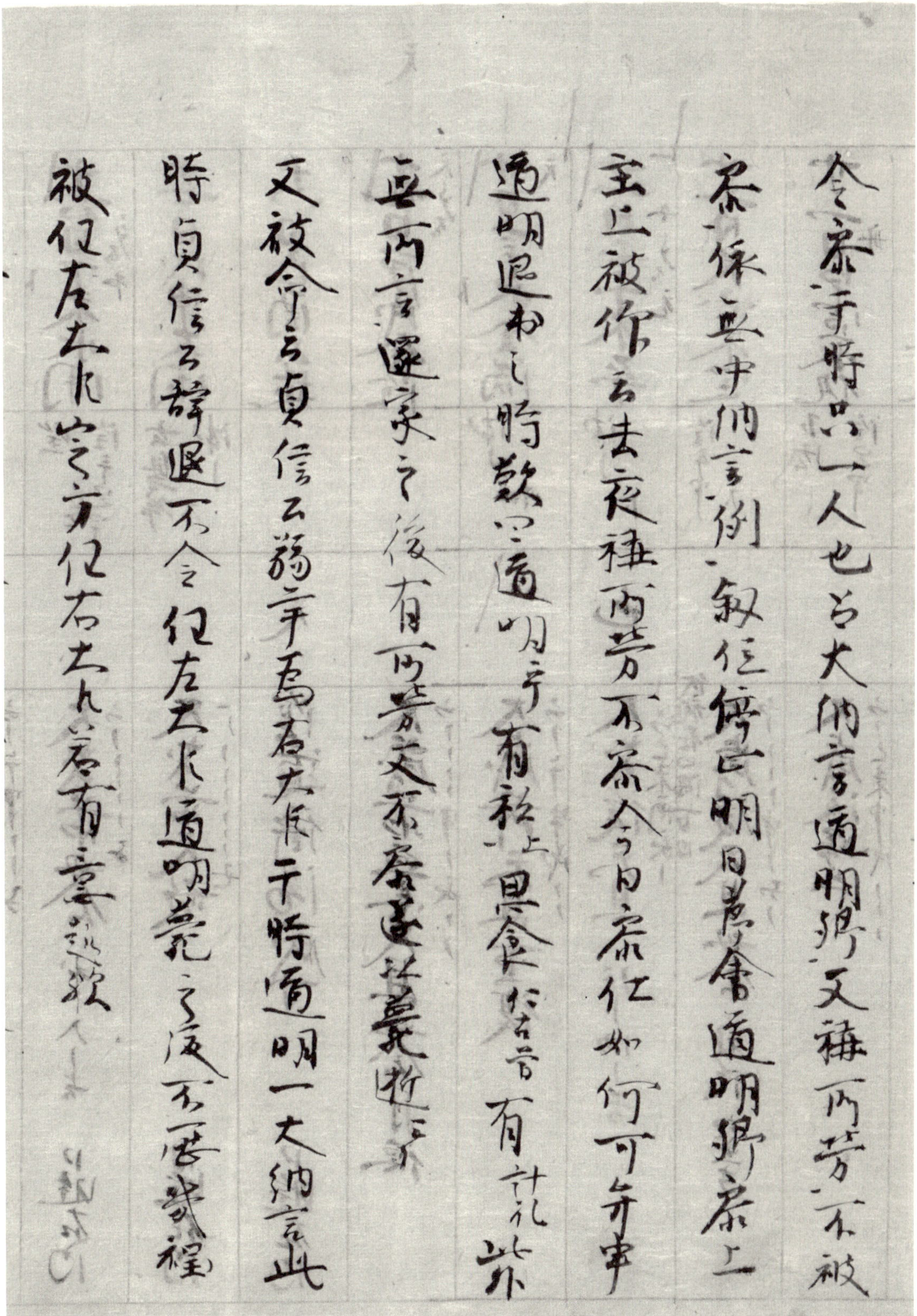

今参于時只一人也、而大納言道明卿又称所労不被
参、依無中納言例叙位停止、明日参會道明卿参上
主上被仰云、去夜称所労不参、今日参仕如何可弁申
道明退出之時歎思、道明于有私上、愚意於古昔有計非
無所言、還家之後有所労、又不参、遂以叙位延引
又被命云、貞信公弱年爲右大臣、于時道明一大納言、此
時貞信公辞退不受、仍左大臣道明薨之後不居幾程
被任左大臣、定方任右大臣、定方有意趣歟

又被命云、致忠男保輔（保昌兄也）是強盗主也、事発覚繫

獄、々後致忠到獄召出其身、以已腐爛其身云々、

又被命云、菅根与菅家不快、菅家令坐事之日、寛平上

皇為申傳此事令参、菅根不通、術旨以過怠云々、

是菅根計也、

又被命云、延長末貞信公以小野道風殿加級事被申延

喜聖主、々上不令許、其後叙位日貞信公称一両芳不

令参、于時只一人也、召大納言道明卿、又称一両芳不被

寄莫不被用者被補大将軍者元方朝臣仍之主帥一

人為副将軍云々　自茲寝此議云々

又被命云　備後守致忠元方男買閑院為家欲施泉石

之風流未能得云々　石則以金一両買石一件而風聞

洛中以件事為業之者傳聞此事運載竒巌怪

石以到其家欲賣之　致忠答云　今者不買之　責石云

人則拖門前去云々　然後撰其有風流者云々

又被命云　致忠男保輔保昌弟也是強盗主也　事義覺繋

獄之後被逃則放合此其一跡人之首留其中云

宇治別業以避暑為事或時被臨浴宇治川云々
又被命云忠文為近衛司有可聴昇殿之作並枕而不寐
作云々毎陣直夜遣取寝所馬一疋立枕邊常語云聞
馬食草不眠之計也云々
又被命云天慶之乱討使之時朝議以堪其事欲以元方
為大将軍元方聞之云大将軍ハ有三事一事以上国
家莫不被用若被除大将軍者必請負信云子息一
人為副将軍云々因茲寝此議云々

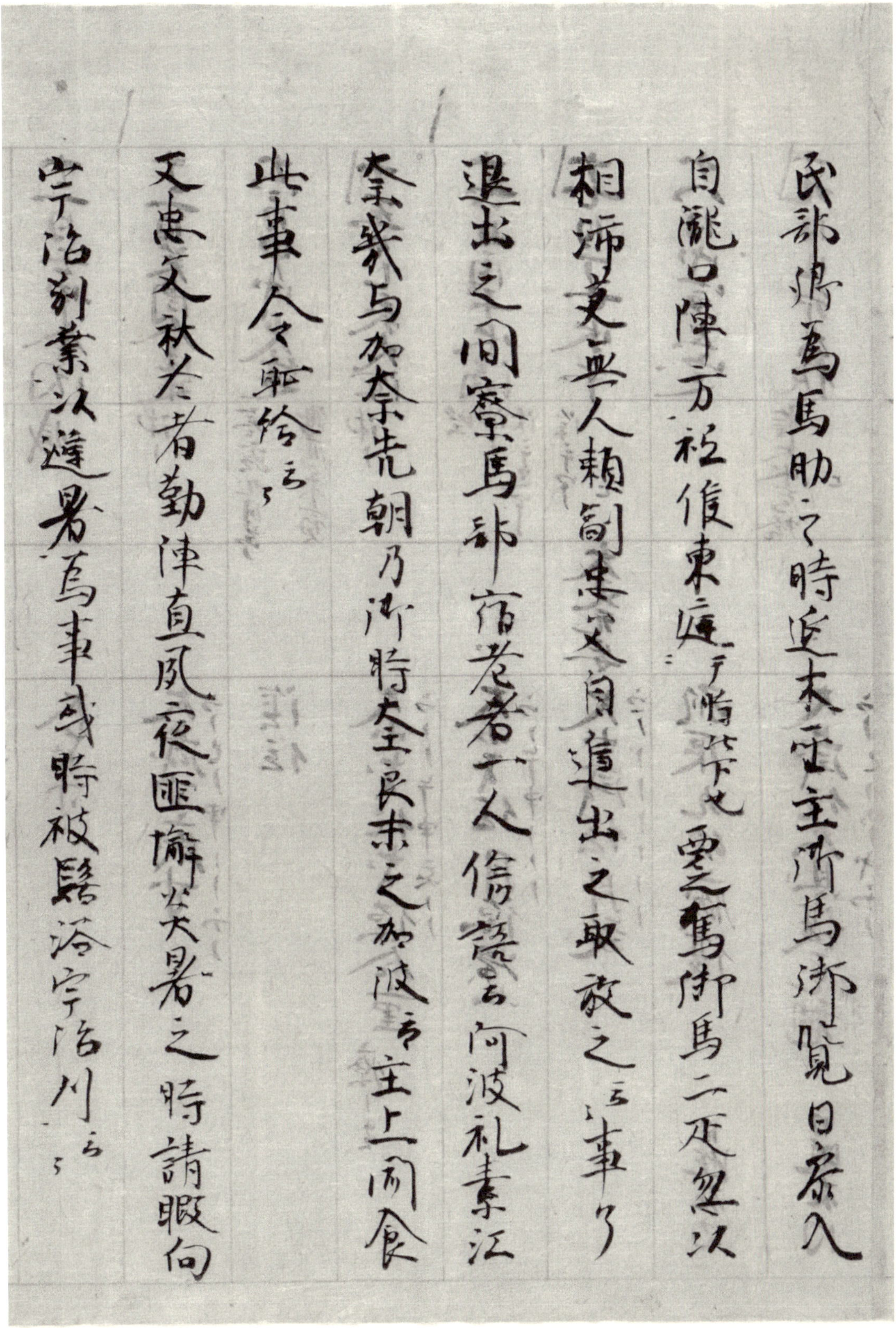
民部卿為馬助之時、近衛(?)亭主御馬御覧日参入
自瀧口陣方經候東庭（于時芥(?)下也）、要之馬御馬二疋忽(?)以
相締(?)、更無人頼副、忠文自進出之、取放之云々、事了
退出之間、寮馬部宿老者一人傍云、阿波礼素江
奈我与加太奈、先朝乃御時大宝良未之加波云々、主上聞食
此事令恥給云々
又忠文秋冬者勤陣直、夙夜匪懈、然大暑之時請暇、向
宇治別業以避暑、為事或時被騎(?)浴宇治川云々

瘞ウツム

又云弘法大師如意宝珠瘞納札銘云

宗一山精進峯竹目云座右心水道場之文末讀云々

栗天八一泥　分故都

又或人云落書云々有砂々々又左纔足出 ニヒトヨフ

或人云警蹕何云天子用之見文選 称行之時何用哉

答云公卿皆隠公逢隠也 称乎云々

往代御馬御覧之日馬助以上参上云々又被命云忠文

民部卿為馬助之時近衛主御馬御覧日参入

文之内侍鳥共擧之云々頗知其之乃飛去歟
嵯峨天皇之時无悪善（サガ）落書在間多々也篁讀
云无悪善（サガナクハヨシ）（ヨミテ）上讀之云々天皇聞之令篁所為也上被仰云々
篁罪上之處篁申云更不可候事也才學之道
然者自今以後可絶上申云々仍天皇尤道理也然者此文
可讀上被仰云々令書給　一
一伏三仰不来待書暗降雨慕漏寝（ツキヨニハ コヌヒトマタル カキクモリ アメモフラナム コヒツツモネム）　如此讀云々
又云弘法大師如意寶珠瘞納札銘云々

瘞（ウヅム）云

事左府薨逝故時人称有人謂之者号右流左死

忠文民部卿好鷹重明親王為乞其鷹向宇治宅

忠文以鷹与親王々々臂之還於路黒鳥此鷹翔以

飛也親王則自路帰返与鷹忠文々々更取替代

鷹与之此鷹欲令献之無為其用則与之李部

王得之還於路見鳥放之鷹入雲去此鷹亜平

文之内得鳥必挙之々鷹不之飛去欲

又被談云隆光ヲ大法会師子云法会師子者無物在
有威儀無心情故称也
勘解相公暗有可被暗打之議有園閑之論於
暗處持油之輩以其油灑於衣之直衣袖明旦見
知其人以油為驗云々
世以英雄之人称右流左死（四字皆呉音）其詞有由緒者
菅家為右府時平為左府菅人皆也其後右府有
事左府無配他故時人称有人望之者号右流左死
世又承和御時子盧為三里明親見為之乞其盧為向宮宅

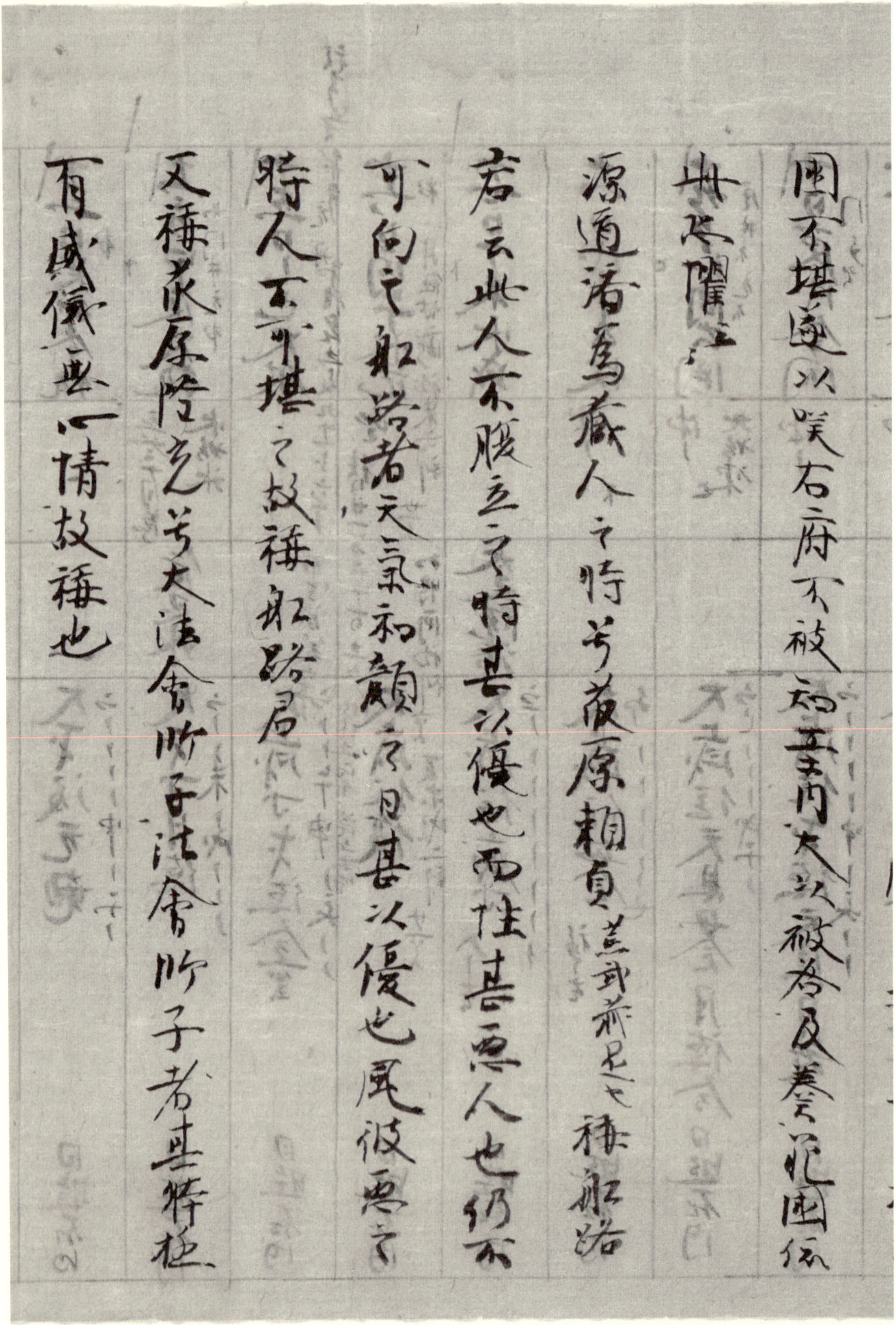

國不堪逆以咲右府不被知五年間大以被咎及奏範國依
此恐懼云々
源道濟爲藏人之時号藤原賴貞蓋武藏守也稱船路
君云此人不腹立之時甚以優也而怯甚悪人也仍不
可向之船路者天氣和顔之日甚以優也風波悪之
時人不可堪之故稱船路君
又稱藤原隆光号大法會師子法會師子者甚特極
有威儀無心情故稱也

又四条中納言為蔵人頭之時嘲弼君季人顕定詐以座誕
為宇治殿作真甲言 宇治殿御食被勘発定頼云情政開
白奉上八人乃嘲咲教留者 仁之非凡依此事半年許蟄居云々
顕定宇治殿方人也定頼二條殿方人也枝有二其緒歟古今
蔵人以之被處勘事之例云々
又範国為五位蔵人有奉行事小野宮右大府為上卿被
催陣下申文之時弼君顕定於内取東来出其陰根範
国不堪遂以咲右大府不被為王内大臣以被答及参範国依

為肥後前司奉幣使之間論□事
故小野宮右府被參陣件日範國自甲斐前司補五位
藏人之日也右府不被目只則成嘲被問人云甲斐前司仁八
誰加羅成大嘗会之宇治殿問合此事被仰云次大臣以上之
身居陣座被嘲弄事朝議不可然云々則被勘發以
經頼為勘發使云々其時藏人頭經輔也仍被示彼頭
随申其由也宇治殿被答仰後日右府被恐經輔云々
又四条中納言為藏人頭之時嘲弼君顕定右大菲以庭誕
為宇治殿被仰其由云宇治殿令人被勘發定頼云々橋改開

来

中関白〈道隆〉〻〻構藤〻〻汝被令〻云我以長嫡當此任是
理運之事也何足喜哉只以可謂有国為恩耳〻故
無幾程及隆家又于被奪官〻〻町尻殿〈道兼〉所悩危急之
時有国令申云書譲状可被譲所職於入道殿者粟田
殿被令〻云関白者非書譲状之事云〻
有国与惟仲成怨隙之本縁有国為石見守司惟仲
為肥後守司奉幣使之間論云〻
故小野宮右府被参陣件日範国自甲斐前司補五位

無斯國之時也
有國以名簿与於惟成々々驚曰蔵賢式太往日一隻也
何敢以如此有國答云入一人之称欲超万人之首大入道
殿臨終之有國曰子息之中以誰人可讓橘蘇有國
申云殿下令執權者町尻殿欲云々是道兼之事也云々
又令問惟仲々々申云如此事可有次才之理者又令
問大夫史國平々々申有同惟仲儀之人之從遂被讓中
中関白道隆々々橘蘇之後被令申云我以長嫡當此任是
理運之事也下官之為気以丁懐有國為気年□故

善男坐事之日大納言前同莫為参議菅原是善
善奉勅於勘解由使局推問之更不承伏問訴令人
謂云良男依世已以承伏了何獨不然善男聞之口惜
男加大夫止云天承伏
又法隆寺僧善愷訴之時右大弁正躬王等許善男
之十弊善男又陳云躬王等之廿弊日詳數成畜了日
善男死國之時也
有國以名簿与於惟成〻〻驚曰被賢式大往日一僕也

天皇欲令補之而善男參以傳停之件僧慕惡心奉
讀法花經三千部畢云以千部功力當生直爲帝王以
千部功力爲善男可成其妨以殘千部功力當蕩其報可
離苦得道此僧令終無幾清和太上天皇誕生雖有
童稚之時依先世之宿緣觸事令惡於善男々々見
其氣色語得彼驗之僧々令之從冥怜法仍判成罷臣
坐而宿業之所答坐事至罪云々
善男坐事之日大納言源朝臣爲之參議着座是善

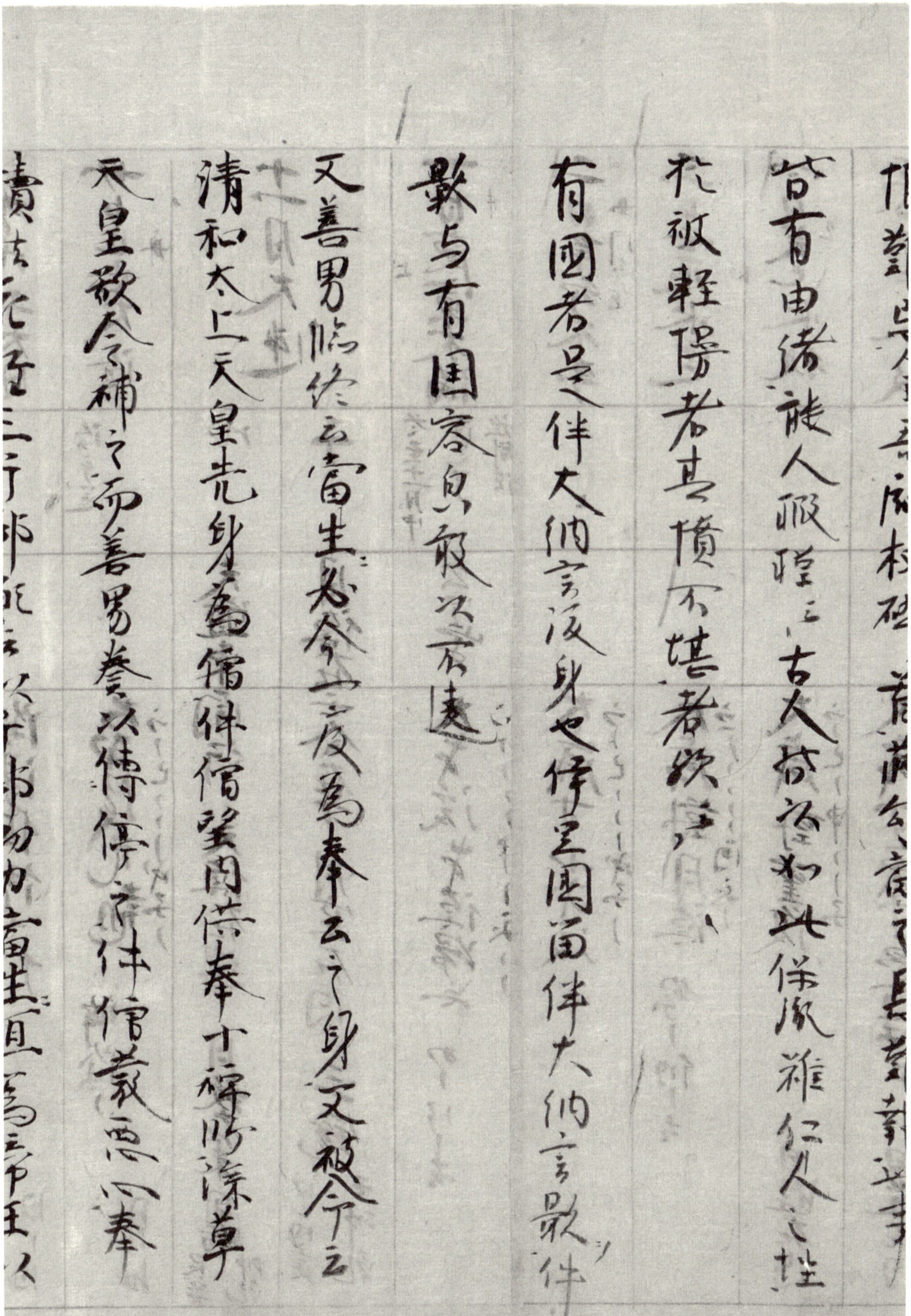
皆有由緒能人瑕瑾云々古人皆以謂知此保胤雖仁人之性
於被軽侮者甚憤不堪者歟云々
有国者是伴大納言後身也件是国苗伴大納言歟件
歟与有国容貌敢以不違
又善男臨終云當生為令一度為奉公云々身又被令云
清和太上天皇先身為僧件僧望内供奉十禅師深草
天皇欲令補之而善男参以傳僧之件僧蒙悪心奉

先覲所傳語也云々
勘解相公常誹謗保胤々々庚申序云夫庚申者古
人尊之今人尊之有国嘲之云々古乃人守利今乃人守止
可嫌止云々又以書稱不審事問保胤々々常稱有之仍
有国為試保胤作庭火文問之又稱有之仍嘲若有
有主保胤傳聞之作長句云蔵人所濫核骨平雖也
限難兵人主云吾叙杖碎首藏句高之具雖誹事
皆有由緒能人瑕瑾云々古人皆謂知此保胤雖仁人之性

文同殊被慈育之推仲者是時望孫珍材男云々是語
故平宰相之說也彼家傳語之由時範所談也又平
家自往昔累代傳相人之事又推仲中納言母讚
岐國人也珍材爲讚岐介之時所生子也秀去任之
後尋來珍材召入相之云々汝至大納言歟但依貪之隨
有其妨可慎之也云々後果至中納言爲大宰帥件時守
佐言兼二資被付封之依件事被停任之是往年
先親所傳語也云々

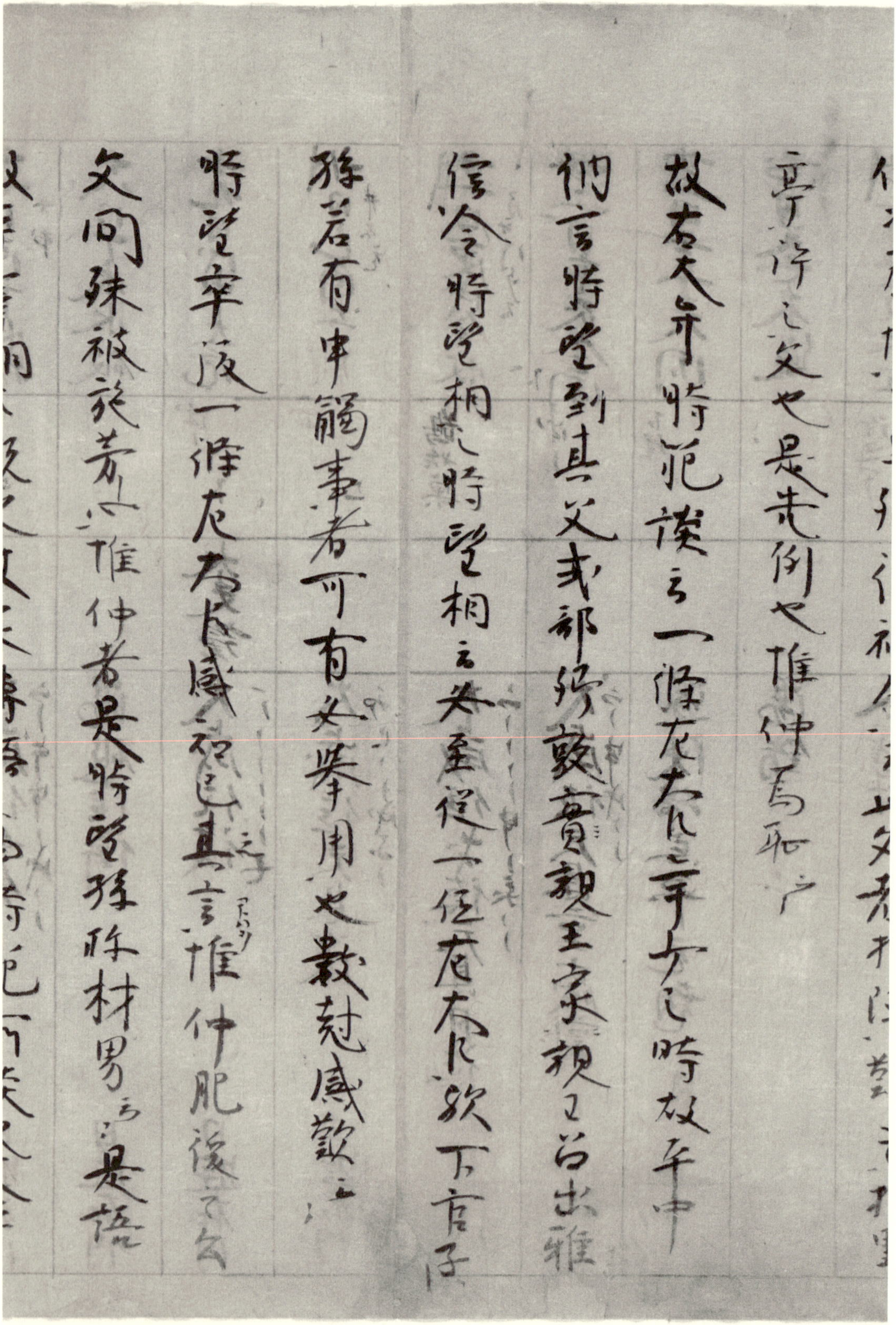

（3）

精廿卅七八年許隆相具文書向文範令ニ令同僚（文範亭ニ欲討論之處）
亜主之不御坐公方之　其身不存隆之父老太利足下村恰
以無益也ニ、允亮據文書還了、同此論如称曲桐須欲被答
云和曲桐須者及法遁遠　或遠勅者只公方一身也
惟仲中納言為肥後守之時有申請之文（文名可尋　忌却了）於陣
獻於上卿之者一經左大臣雅信也上卿被難此文惟
仲以為恨テ上卿後被命云此文者於陣難テ於里
亭許之文也是先例也惟仲為恥ニ

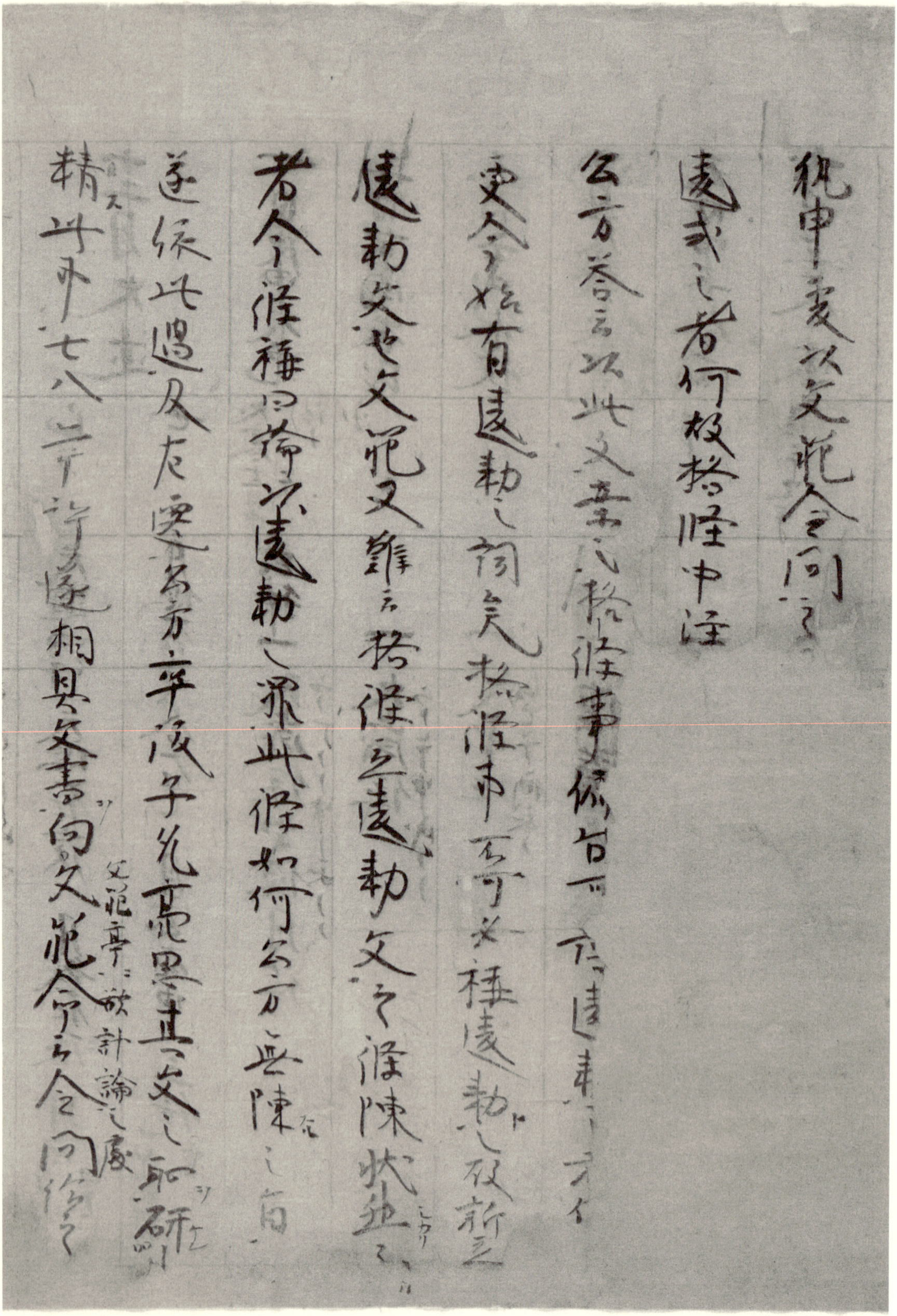

頓以薨卒也若有蘇生之験者事可如夢忽蘇生曰云々
忽蘇生之臣嘆長安云々
一 又議話及古事
問公方違式違勅之論其義如何答云天暦御時依国史
領不済事之輩勘公文之時勘會諸司文書加署
判之者可勘其罪状之由被仰公方之由勘之當違式之
被仰之事出自勅語也
就中義以文施令同之

（2）

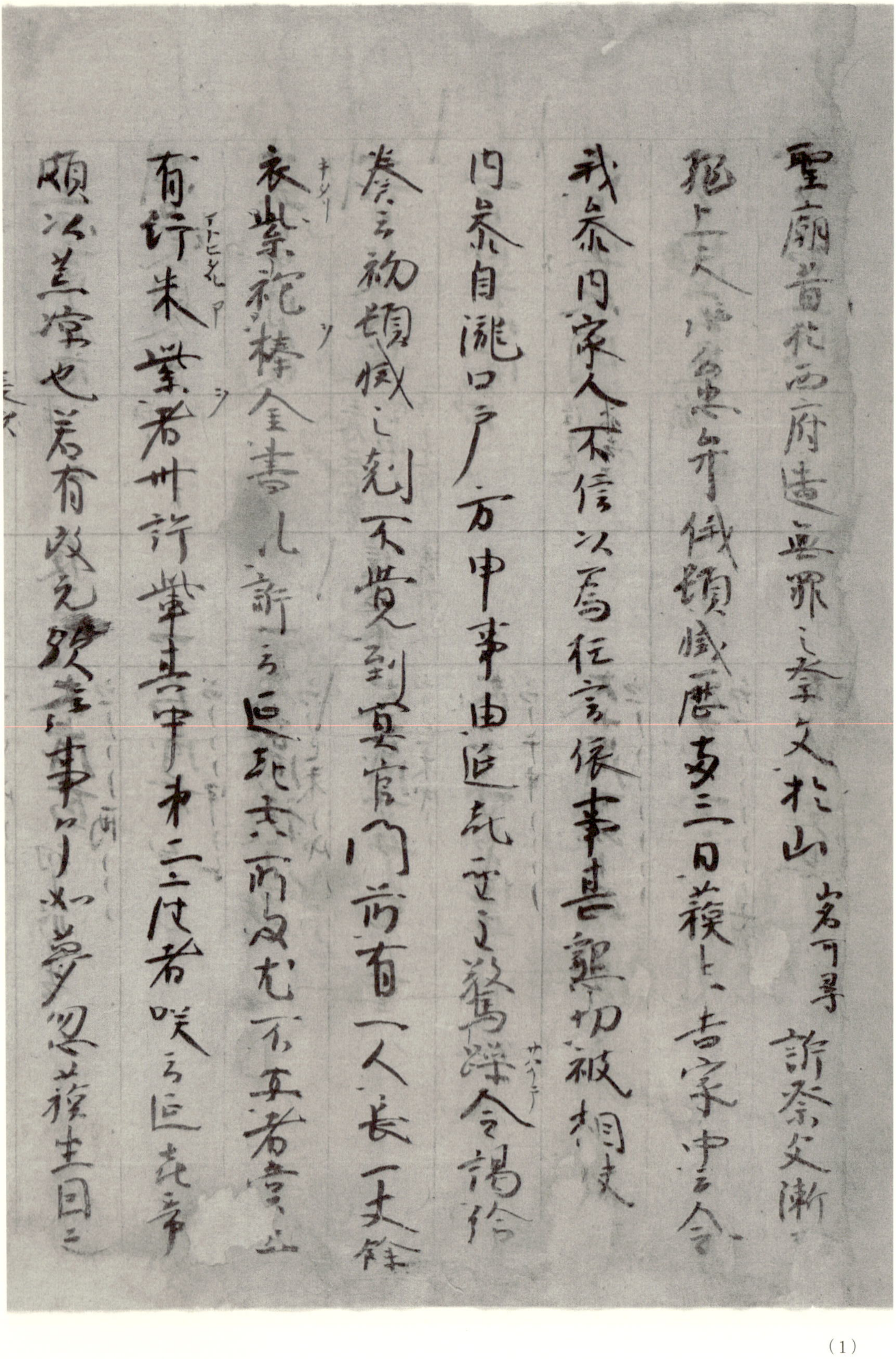

聖廟昔於西府述無罪之祭文於山〈名天判〉訴祭文漸
飛上天ヽ 公忠弁俄頓滅歴三日蘇生、告家中云令
我参内、家人不信以為狂言、依事甚懇切被相扶
内参、自瀧口戸方申事由、延喜聖主驚令謁給、
奏云、初頓滅之剋不覚到冥官門前、有一人長一丈餘、
衣紫袍捧金書札、申云、延喜主所為尤不安者、堂
有紆朱紫者卅許輩、其中第二座者咲云、延喜帝
頗以荒凉也、若有改元歟云々、事了如夢忽然蘇生、因之

(1)

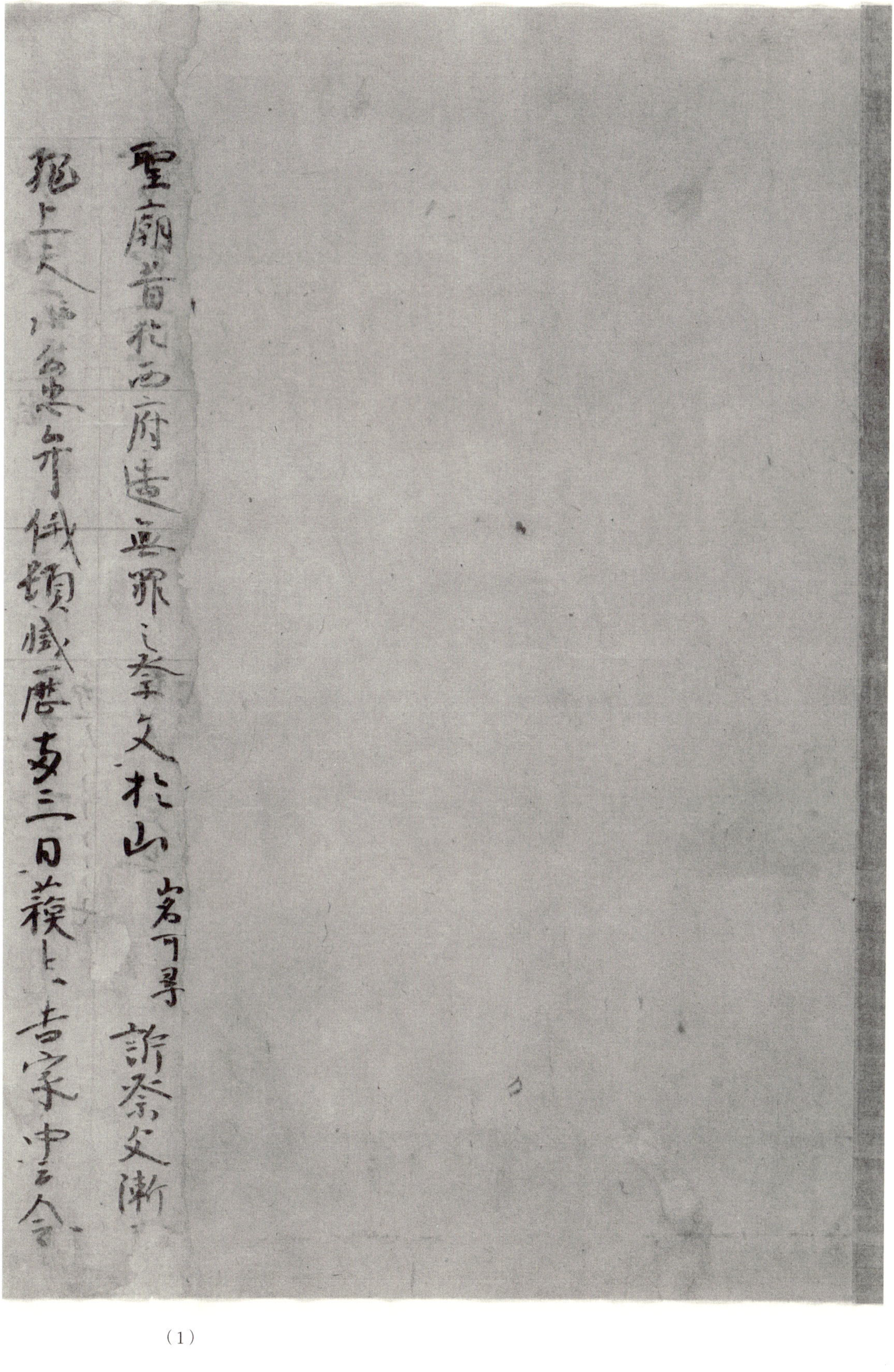

聖廟昔於西府遣無罪之祭文於山 名可尋 訴祭文漸
跪上天之時公忠弁俄頓滅歴多三日蘇生之 告家中云今

（1）

表紙

巻姿

江談抄

目次

例言

一、『尊経閣善本影印集成』は、加賀・前田家に伝来した蔵書中、善本を選んで影印出版し、広く学術調査・研究に資せんとするものである。

一、本集成第六輯は、古代説話として、『日本霊異記』『三宝絵』『日本往生極楽記』『新猿楽記』『三宝感応要略録』『江談抄』『中外抄』の七部を収載する。

一、本冊は、本集成第六輯の第六冊として、寛元三年（一二四五）書写の『江談抄』（一巻）を収め、墨・朱二版に色分解して製版、印刷した。

一、料紙は、第一紙、第二紙と数え、図版の下欄、各紙右端にアラビア数字を括弧で囲んで(1)、(2)のごとく標示した。

一、書名は、「水言鈔」とも称されるが、本集成では、最も広く通行している「江談抄」の称を用いた。

一、目次及び柱は、原本の各言談と類聚本系にある事書を勘案して作成した。参考にしたのは、『江談抄　中外抄　富家語』（新日本古典文学大系32、岩波書店）及び甲田利雄著『校本江談抄とその研究』（続群書類従完成会）である。

一、本文二五頁の括弧を附した柱の事書については、類聚本の言談構成との差異等、その概要を解説に述べた。

一、原本を収める桐箱の蓋上面と蓋裏、古題簽三点とその包紙、木下順庵（貞幹）添書二通とその包紙を参考図版として附載した。

一、本書の解説は、吉岡眞之国立歴史民俗博物館教授執筆の「尊経閣文庫所蔵『江談抄』の書誌」、山本真吾白百合女子大学教授執筆の「尊経閣文庫所蔵『江談抄』の訓読」の二篇をもって構成し、冊尾に収めた。

平成二十年八月

前田育徳会尊経閣文庫

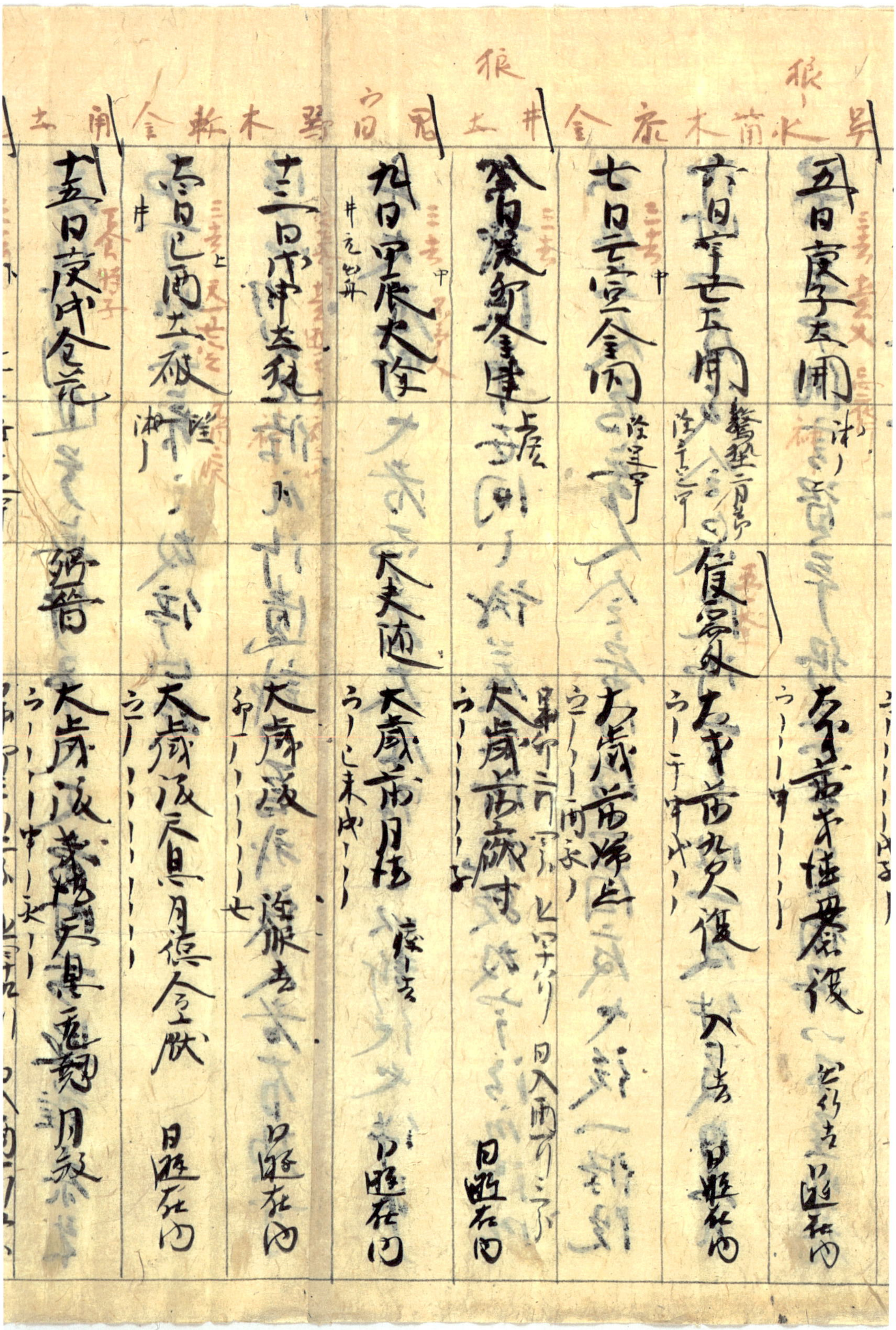

紙背　延応二年具注暦　二月（本文七八～七九頁）

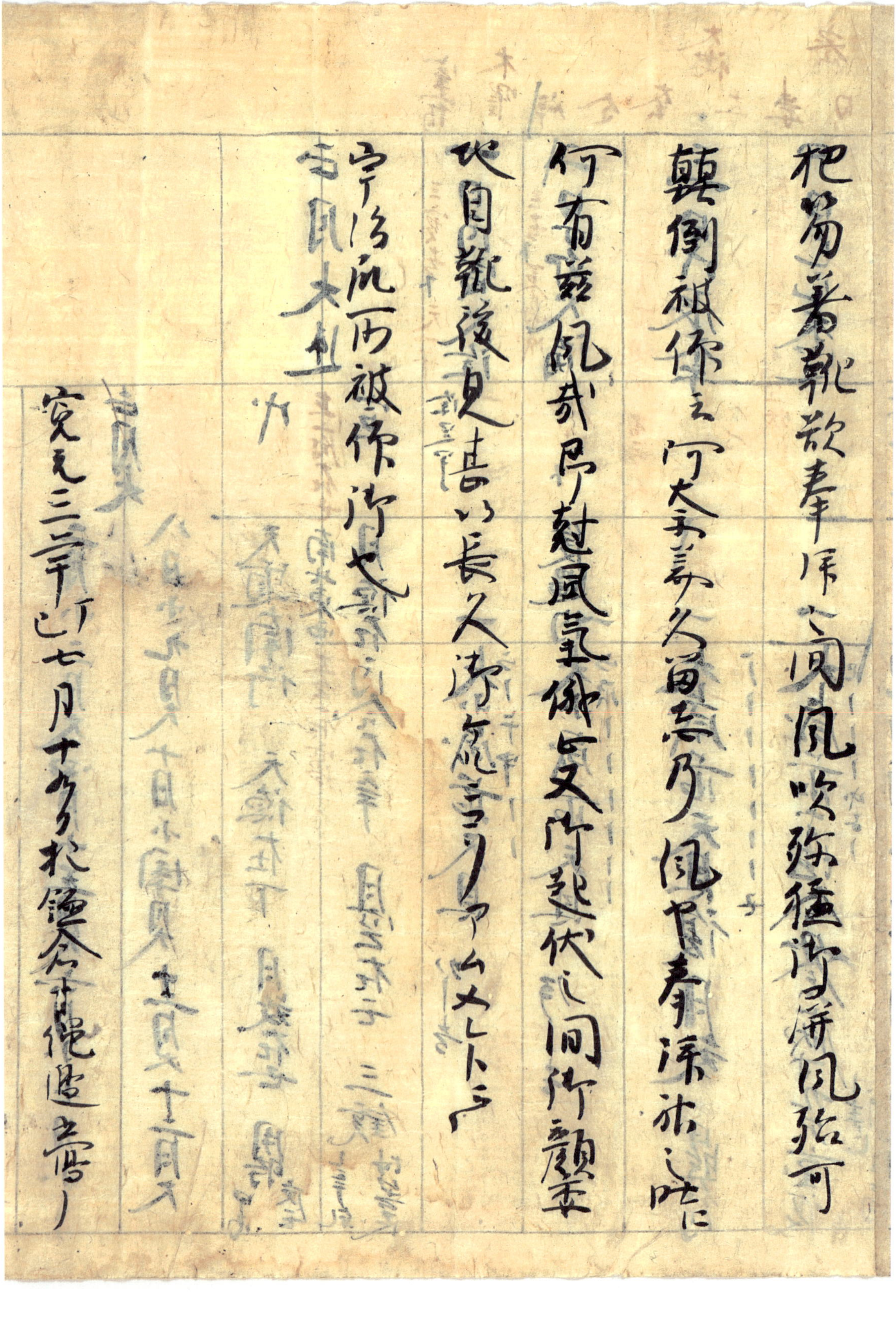

延喜聖主臨時奉幣日風気俄止事／奥書（本文六四～六五頁）

前田育徳会尊経閣文庫編

尊経閣善本影印集成 44

江談抄

八木書店